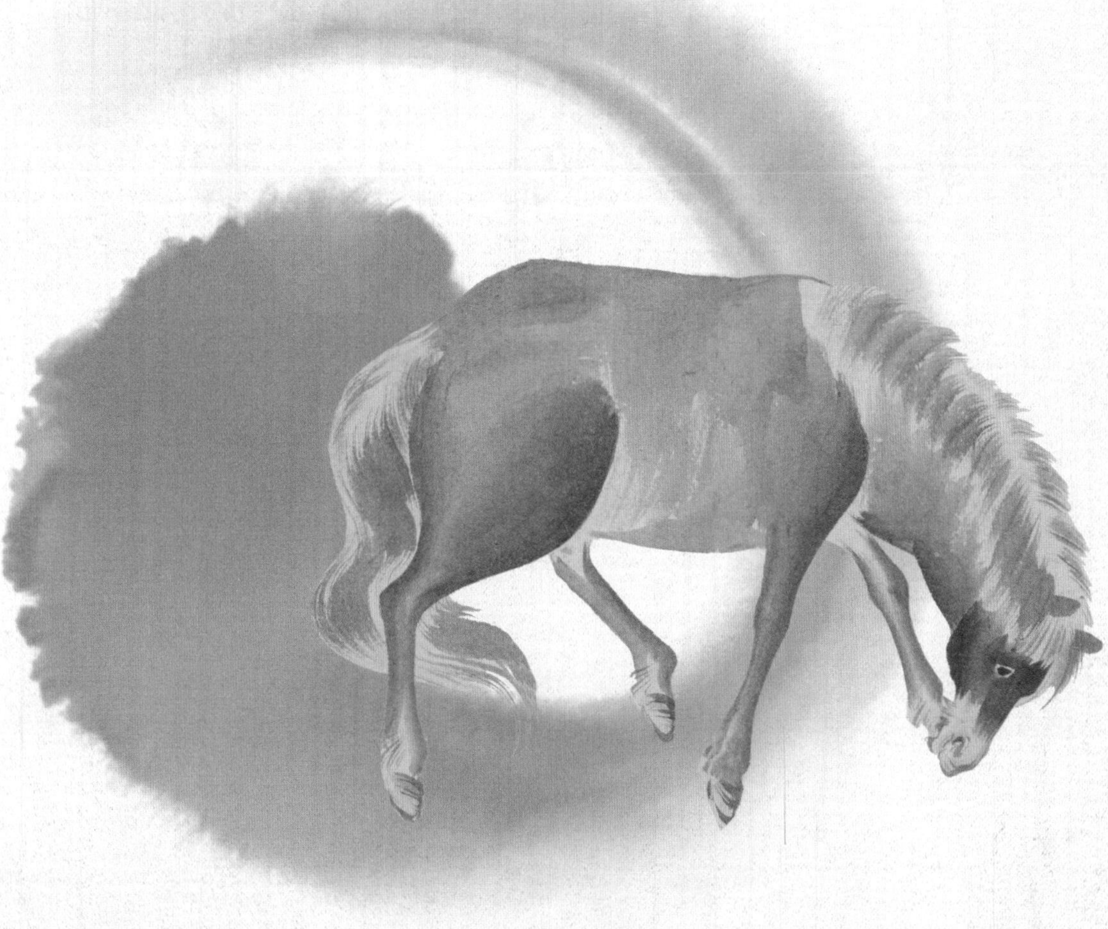

读懂楚辞,胜过逛十次博物馆

楚辞里的博物学

沈嫒——著

北京理工大学出版社
BEIJING INSTITUTE OF TECHNOLOGY PRESS

版权专有 侵权必究

图书在版编目（CIP）数据

楚辞里的博物学 / 沈嫒著. —北京：北京理工大学出版社, 2020.10
ISBN 978-7-5682-8841-5

Ⅰ. ①楚… Ⅱ. ①沈… Ⅲ. ①楚辞—儿童读物②自然科学—儿童读物 Ⅳ. ①I222.3②N49

中国版本图书馆CIP数据核字（2020）第143346号

出版发行 / 北京理工大学出版社有限责任公司	
社　　址 / 北京市海淀区中关村南大街5号	
邮　　编 / 100081	
电　　话 / （010）68914775（总编室）	
（010）82562903（教材售后服务热线）	
（010）68948351（其他图书服务热线）	
网　　址 / http://www.bitpress.com.cn	
经　　销 / 全国各地新华书店	
印　　刷 / 三河市宏图印务有限公司	
开　　本 / 787毫米×1200毫米　1/24	
印　　张 / 7	责任编辑 / 宋成成
字　　数 / 90千字	文案编辑 / 宋成成
版　　次 / 2020年10月第1版　2020年10月第1次印刷	责任校对 / 刘亚男
定　　价 / 66.00元	责任印制 / 施胜娟

图书出现印装质量问题，请拨打售后服务热线，本社负责调换

目录 CONTENTS

草部 CAO BU

蕙	——荷衣兮蕙带，倏而来兮忽而逝。	002
留夷	——畦留夷与揭车兮，杂杜衡与芳芷。	004
菊	——朝饮木兰之坠露兮，夕餐秋菊之落英。	006
辛夷	——桂栋兮兰橑，辛夷楣兮药房。	008
射干	——掘荃蕙与射干兮，耘藜藿与蘘荷。	010
竹	——便娟之修竹兮，寄生乎江潭。	012
艾	——蓬艾亲入御于床笫兮，马兰踸踔而日加。	014
葛	——采三秀兮於山间，石磊磊兮葛蔓蔓。	016
蓬	——离忧患而乃寤兮，若纵火于秋蓬。	018
白茅	——茅丝兮同绣，冠履兮共绚。	020
荆	——行明白而日黑兮，荆棘聚而成林。	022
菅	——五谷不生，丛菅是食些。	024
白芷	——兰芷变而不芳兮，荃蕙化而为茅。	026
芦苇	——菅蒯兮野莽，蘉苇兮千眠。	028
荷	——制芰荷以为衣兮，集芙蓉以为裳。	030
女萝	——若有人兮山之阿，被薜荔兮带女萝。	032
水蓼	——桂蠹不知所淹留兮，蓼虫不知徙乎葵菜。	034
冬葵	——桂蠹不知所淹留兮，蓼虫不知徙乎葵菜。	036
蒲	——抽蒲兮陈坐，援芙葉兮为盖。	038
荼	——堇荼茂兮扶疏，蘅芷彫兮莹嫇。	040
荠	——故荼荠不同亩兮，兰茝幽而独芳。	042
泽泻	——筐泽泻以豹鞟兮，破荆和以继筑。	044

1

目录 CONTENTS

草部 CAO BU

薇——惊女采薇，鹿何祐？　046

爬瓜——抽库娄兮酌醴，援爬瓜兮接粮。　048

柘——膈鳖炮羔，有柘浆些。　050

稻——稻粢穱麦，挐黄粱些。　052

黄粱——稻粢穱麦，挐黄粱些。　054

蒿蒌——吴酸蒿蒌，不沾薄只。　056

薋菉——索薋菉以盈室兮，命灵氛为余占之。　058

屏风——紫茎屏风，文缘波些。　060

木部 MU BU

椒——椒专佞以慢慆兮，椴又欲充夫佩帏。　064

桑——孤雌吟于高墉兮，鸣鸠栖于桑榆。　066

木兰——拚木兰以矫蕙兮，凿申椒以为粮。　068

椒——惟佳人之独怀兮，折芳椒以自处。　070

松——山中人兮芳杜若，饮石泉兮荫松柏。　072

柏——孰知其不合兮？若竹柏之异心。　074

甘棠——甘棠枯于丰草兮，藜棘树于中庭。　076

棘——鹄窜兮枳棘，鹎集兮帷幄。　078

苦桃——斩伐橘柚兮，列树苦桃。　080

杨——湛湛江水兮，上有枫。　082

枫——济杨舟于会稽兮，就申胥于五湖。　084

梓——铿钟摇簴，揳梓瑟些。　086

梧——白露既下百草兮，奄离披此梧楸。　088

2

目 录
CONTENTS

兽部 SHOU BU

兔——厥利维何，而顾菟在腹？

鹿——白鹿麏麚兮或腾或倚。

狗——使麒麟可得羁而系兮，又何以异虖犬羊？

羊——胡终弊于有扈，牧夫牛羊？

马——步余马于兰皋兮，驰椒丘且焉止息。

牛——恒秉季德，焉得夫朴牛？

132 130 128 126 124 122

鸟部 NIAO BU

雀——燕雀乌鹊，巢堂坛兮。

燕——玄鸟兮辞归，飞翔兮灵丘。

鹤——枭鹗既以成群兮，玄鹤戢翼而屏移。

雁——鸿鸧兮振翅，归雁兮于征。

鹔——为凤皇作鹔笼兮，虽翕翅其不容。

雉——钜宝迁兮砏磤，雉咸雏兮相求。

鸡——淹芳芷于腐井兮，弃鸡骇于筐簏。

兔——宁昂昂若千里之驹乎？将氾氾若水中之凫乎？

鸠——孤雌吟于高墉兮，鸣鸠栖于桑榆。

乌——乌鹊惊兮哑哑，余顾瞻兮怊怊。

鹊——燕雀乌鹊，巢堂坛兮。

118 116 114 112 110 108 106 104 102 100 098

木部 MU BU

柚子——橘柚萎枯兮，苦李旖旎。

橘——后皇嘉树，橘徕服兮。

榆——孤雌吟于高墉兮，鸣鸠栖于桑榆。

094 092 090

3

目 录
CONTENTS

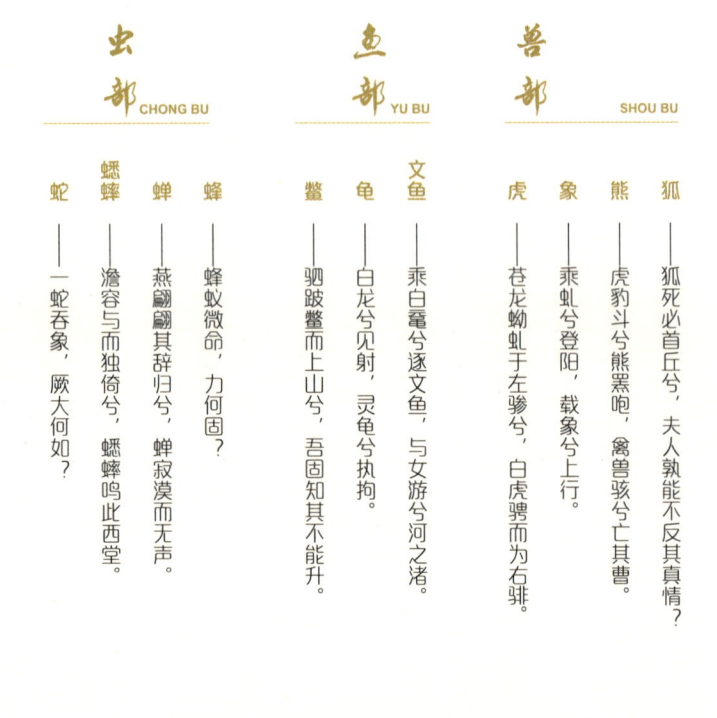

兽部 SHOU BU

狐——狐死必首丘兮，夫人孰能不反其真情？ 134

熊——虎豹斗兮熊罴咆，禽兽骇兮亡其曹。 136

象——乘虬兮登阳，载象兮上行。 138

虎——苍龙蚴虬于左骖兮，白虎骋而为右骓。 140

鱼部 YU BU

文鱼——乘白鼋兮逐文鱼，与女游兮河之渚。 144

龟——白龙兮见射，灵龟兮执拘。 146

鳖——驷跛鳖而上山兮，吾固知其不能升。 148

虫部 CHONG BU

蜂——蜂蚁微命，力何固？ 152

蝉——燕翩翩其辞归兮，蝉寂漠而无声。 154

蟋蟀——澹容与而独倚兮，蟋蟀鸣此西堂。 156

蛇——一蛇吞象，厥大何如？ 158

4

草部
CAO BU

原文 荷衣兮蕙①带，倏②而来兮③忽而逝。
夕宿兮帝郊，君谁须兮云之际？

——屈原《九歌·少司命》

① 蕙：huì，蕙兰，一种香草。
② 倏：shū，一下子。
③ 兮：xī，文言助词，相当于现代汉语中的"啊"或"呀"。

赏析 　　穿上荷花做的衣服，系上兰草做的腰带，来去匆匆啊转瞬即逝。日暮时在天帝的郊野停歇，你久久停留在遥远的天际，是在等待谁？

　　这一章写的是少司命，充满神秘感的少司命"荷衣蕙带"，仙气飘飘盛装而来，她温柔多情，令人爱慕，这几句是群巫合唱的问词。

兰花是大自然的杰作，也是我国十大名贵花卉之一，它气味芬芳、淡雅，颜色高雅不俗，风姿潇洒，品格高洁，素有"空谷佳人"的美称。历代文人雅士都喜欢兰花，他们养兰、赏兰、咏兰、画兰，为之陶醉、倾倒。

孔子对兰花推崇备至，他用"气若兰兮长不改，心若兰兮终不移"来，盛赞兰花的高洁。自此，兰花便有了越来越多的文化内涵。

时至今日，我们在花鸟市场还经常能看到兰花，价格非常昂贵，但很受人们欢迎。

兰花品种很多，最有代表性的品种是蕙兰。蕙兰是一种多年生草本植物，叶子又瘦又长，很有韧性，叶脉透亮，形状非常漂亮；它的茎高高挺立着，不蔓不枝，显得十分高雅。蕙兰初夏就会开出淡黄绿色的花，虽然颜色并不显眼，但香味扑鼻。兰花之所以这么香，是因为花瓣的薄壁组织中的许多油细胞，油细胞能分泌出有香气的芳香油，当温度适宜的时候，这些芳香油在空气中扩散，送到我们鼻子里，就会让我们领略到舒服的缕缕香气了。

兰香是世界上任何一种花卉的香味都无法比拟的，孔子称兰香为"王者香"。在野外，兰花大多生长在山谷中，那似有似无的幽香带着神秘，怎能不让人心旷神怡呢？

毫无疑问，兰花在楚辞中归入"香花"，自然是实至名归的。

• 博物

分类

植物界—被子植物门—单子叶植物纲—微子目—兰科

原文 ●　余既滋①兰之九畹②兮，又树③蕙之百亩。
　　　　　畦④留夷⑤与揭车兮，杂杜衡与芳芷。

——屈原《离骚·第三章》

① 滋：栽种。
② 畹：wǎn，古代面积单位，十二亩为一畹。
③ 树：种植。
④ 畦：qí，田园中分成的小区，这里指分畦种植。
⑤ 留夷：芍药。

赏析 ●　　我已经栽培了九畹春兰，又种下了百亩蕙兰。分垄培植了芍药和揭车，还把马蹄香和白芷套种其间。
　　　香草象征着高洁和美好，屈原通过种植香草，表达自己忠贞不渝、不与世俗同流合污的决心。

"芍药绽红绡，巴篱织青琐。繁丝蹙金蕊，高焰当炉火。"这是唐朝著名诗人元稹描写的关于芍药的诗句。

　　芍药是初夏的宠儿，也是一种非常有名的观赏花卉。它花色丰富，有红、白、紫等各种颜色，香气浓郁，花朵硕大，深受古代文人墨客的喜爱。宋代以来涌现出众多以芍药为题材的诗词歌赋。

　　芍药是一种多年生的草本植物，每年五至六月开花，它的块状根茎很壮硕，在花茎的顶端或靠近顶端的地方长着硕大的花朵。它的花瓣多呈倒卵形，层层叠叠，人们形容她如盛装的少女一样，婀娜多姿，被称为"花中宰相"，扬州芍药曾经有"艳冠天下"的美誉。经过改良品种培育出来的芍药更是让人惊艳，它的花盘硕大，可达30厘米，花瓣层层叠叠，能达上百枚，是不是很震撼？

　　不仅花朵美丽，芍药的药用价值也不可小觑。相传很久很久以前，人间瘟疫横行，百姓不堪其苦，百花之神为了救世人，盗取了王母娘娘的仙丹撒向人间，仙丹落地，便变成了牡丹和芍药，救了世人性命。这当然只是一个传说，但芍药的药用价值是毫无疑问的。杭白芍的确是滋阴补血的上品，被称为女科之花。

　　芍药还是我国古代的爱情之花呢！从周朝以来，相互爱慕的青年男女，在离别时都会互赠芍药，表达自己的依依惜别之情。所以芍药又被称为爱情草，或别离草。

博物

分类

植物界—被子植物门—双子叶植物纲—毛茛目—芍药科

原文 · 朝饮木兰之坠露兮，夕餐秋菊之落英①。

苟余情其信姱②以练要③兮，长颔颔④亦何伤。

——屈原《离骚·第三章》

① 落英：落下的花瓣。
② 信姱：姱kuā；信姱，真正美好。
③ 练要：坚贞。
④ 颔颔：kǎn hàn，因为饥饿而面黄肌瘦。

赏析 · 　　早晨我啜饮木兰上的露滴，晚上我用菊花落下的残瓣来充饥。只要我的情感美好而且坚贞不移，形销骨立又有什么关系？

　　所谓"含英咀华"，诗人借啜饮甘露，吃菊花的残瓣来表明自己的心志，即使形销骨立，也决不放弃自己高洁的追求。

春季和夏季是花的季节，五彩缤纷的花儿竞相开放，到处一片姹紫嫣红。到了秋冬季节，百花凋零，万物萧条，唯有一种花儿不惧秋风，像勇士一样凌霜绽放，那便是菊花。

陶渊明的《归去来辞兮》中写道："三径就荒，松菊犹存。"从此陶渊明便和菊花有了不解之缘，开启了"采菊东篱下，悠然见南山"的隐居生活。也正是从那以后，菊花就被赋予了恬淡无求的人格特质，被文人雅士争相称颂。

目前，栽培最普遍的是秋菊。菊花完全没有要挑战风霜的意思，它之所以秋天才开，是由它特殊的生理结构决定的。菊花是一种短日照花卉，要在每天光照12个小时以下时才能孕育花蕾。从夏至起，白天越来越短，菊花开始孕育花苞，等到秋天的时候，花苞慢慢成熟，这才开始绽放。

菊花是我国传统名花之一，是一种多年生草本植物。在古代它之所以广泛被种植，并且深受喜爱和追捧，很大原因在于它的实用价值。据古书记载，菊花"苗可以菜，花可以药，囊可以枕，酿可以饮"。

菊花的药用价值很高，李时珍的《本草纲目》记载它可以"利五脉，调四肢，养目血，主肝气不足"。其实菊花在古代最初就是作为药用的，后来人们才培育出了用于观赏的品种。现在我们在花鸟市场看到的菊花，都是经过改良的新品种，花朵硕大，香气宜人，有很高的观赏价值。

博物

分类

植物界—被子植物门—双子叶植物纲—桔梗目—菊科

原文

桂栋①兮兰橑②,辛夷③楣④兮药房。
罔⑤薜荔⑥兮为帷,擗⑦蕙櫋⑧兮既张。

——屈原《九歌·湘夫人》

① 桂栋:桂木做的梁栋。
② 橑:liáo,房子上的椽子。
③ 辛夷:紫玉兰。
④ 楣:méi,房屋的次梁。
⑤ 罔:同"网"这里释为"编结"。
⑥ 薜荔:bì lì,又名木莲,一种香草。
⑦ 擗:pǐ,分开。
⑧ 櫋:mián,房檐板。

辛夷

赏析

　　我们用桂木做成正梁,用木兰做椽子,用紫玉兰做门楣,用白芷装饰卧房。把薜荔纺织成帷帐,剖开蕙草做成幔帐。
　　湘夫人把对湘君的思念揉进美好的向往中,想象与湘君一起共筑爱巢的美好,从而更加反衬出湘夫人的失落与惆怅。

辛夷，也叫紫玉兰，是深受古人喜爱的一种香花植物。屈原在《楚辞》中曾多次提到辛夷，并且以辛夷自比；唐代著名诗人王维在其辋川别墅中就有"辛夷坞"，可见古人对它的喜爱。

看图片，你有没有觉得这辛夷听起来很陌生，但看起来却很面熟？

也许你会惊叫：这不就是玉兰花吗？其实辛夷正是玉兰花的一种，因为它开紫色的花，所以又被叫作紫玉兰。古人对这种紫色的玉兰花真是太喜欢了，因此单独把它从玉兰的品种中分离出来，给它取了一个好听的名字，叫"辛夷"。

辛夷的花蕾在秋季生成肉芽，生成在枝丫的顶端，上面布满灰白色的绒毛，就像一个个小毛桃，远远看去，又像树上长着的一支支毛笔。瞧，可不是吗？所以人们形象地称它们为"木笔"。早春时，这些辛夷就早早地开放报春，开出美丽优雅的紫色花朵，香气袭人。它们这么勤奋，难怪南方人称它们为迎春花呢！

不过这些辛夷可不单单能开花这么简单，人家不但有颜值，更有内涵。辛夷的花蕾含有大量天然的挥发油和一些丁香油酚，还有一些碱性成分，可以通窍、降压、治疗皮炎，有很高的药用价值。

辛夷是我国特有的植物，不容易移植和养护，而且非常珍稀，因此被列入世界自然保护联盟植物红色名录。

博物

分类

植物界—被子植物门—双子叶植物纲—毛茛目—木兰科

原文 折芳枝与琼华兮,树枳棘^①与薪柴^②。
掘荃^③蕙与射干兮,耘^④藜藿^⑤与蘘荷^⑥。

——刘向《九叹·愍命》

① 枳棘:zhǐ jí,枳木与棘木。
② 薪柴:xīn chái,指烧饭时需要用的木柴。
③ 荃:quán,古书上说的一种香草。
④ 耘:yún,耕耘,种植。
⑤ 藜藿:lí huò,野菜名。
⑥ 蘘荷:ráng hé,植物。

射干

赏析 把芳枝玉花摧残折尽啊,却去种植多刺的枳棘和木柴。把荃蕙和射干挖掘出来啊,却栽培藜藿和蘘荷这些恶草。

香草和香木都遭到无情的摧残和砍伐,而荆棘、恶草却被成片地种植。诗人借草木的遭遇表达忠贞的人受到迫害,自己清明高洁却不为世所容的惆怅之情。

"西方有木焉，名曰射干"，在荀子的《劝学》中，记载着这样一种神奇的植物，它生长在高山之上，身长四寸，却能俯瞰百里之遥，这种植物就是射干。

射干，读作夜干。作为一种花来说，这名字听起来有点儿怪怪的，对吗？那它为什么叫射干呢？这就和它茎梗的形状有关系了。古代有一种官职叫射人，他们总是手拿一根长杆，掌射法以习射仪。而射干的茎梗特别长，恰恰就像射人手中的长杆一样，所以人们形象地叫它射干。瞧，我们的古人就是这样擅长联想。别看荀子把射干说得这么神奇，但其实射干是一种比较常见的野花，和我们在公园里看到的鸢尾花是近亲，模样也很接近，放在花堆里并不显眼。

射干是多年生草本植物，茎高1~1.5米，叶子互生，像宝剑一样。它的花朵盛开的时候十分漂亮，分六瓣，样子有点儿像百合，花色鲜艳，上面散生着红色和紫色的斑点和斑纹，所以外国人形象地把它们称为"虎斑百合"。但开败的射干就像被拧干的毛巾一样，花瓣螺旋着卷起来，样子非常滑稽。

射干的根茎是不规则的块状，看起来有点儿像地瓜。这"地瓜"味道不怎么样，却可以入药。在古代传说中，射干就像何首乌一样神奇，传说千年的何首乌像人形，吃了可以成仙，而千年的射干根也像人一样巨大。如果把它刺破，它会流出鲜红色的血，把这些血涂抹在身上可以让人"隐形"。当然啦，这只是传说罢了。

博物

分类

植物界—被子植物门—单子叶植物纲—百合目—鸢尾科

原文　斩伐橘①柚兮，列树苦桃。
　　　　便娟②之修竹兮，寄生乎江潭。

　　　　　　　　　　——东方朔《七谏·初放》

① 橘：jú。
② 便娟：轻盈美好。

赏析　　橘树和柚树都被砍伐啊，却一排排地栽植苦桃。可叹那修美的翠竹啊，却只能在江边寄生。
　　　东方朔用修美的翠竹和美好的橘树柚树比喻屈原，用翠竹和橘树遭到砍伐来指代屈原一片忠贞反而遭到贬谪的遭遇，也借此表达自己怀才不遇，不被重用的失落和愤懑。

如果我问你谁最喜欢竹子？你一定会回答我："大熊猫呗！"

嘘——悄悄告诉你，我国古代的文人雅士们对竹子都非常钟爱，这里面最有代表性的当属郑板桥。"咬定青山不放松，立根原在破岩中，千磨万击还坚劲，任尔东西南北风。"郑板桥用一首《竹石》，赞美了竹的坚韧和气节；宋代的大文豪苏轼更写道："可使食无肉，不可居无竹。"宁可不吃肉，也得在家里种上竹子，小小的竹子哪来这么大的魅力呢？

竹子，原产于我国。竹子有许多节，枝杆挺拔修长，四季青翠，通常是通过地下匍匐的根茎成片生长。春天，雨后的竹笋以飞快的速度钻出土地，遇到雨就会生长，因此常被人们称为世界上长得最快的植物。在生长期，竹子只需要一两个月就能长到一二十米高。

难道竹子吃了增高药？这其中的原因其实不难解释，普通的树木只依靠顶端才能生长，但竹子每一节都可以同时生长，所以生长得极快，最多的时候一天可以长两米。在竹子的快速生长期，如果你在夜深人静的时候去竹林，甚至能够听到竹子生长拔节的声音。

有文字记载之前，人类就已开始利用竹子了。商周时期的先民用竹竿制箭矢、造竹简，并编制竹器。晋代开始用竹子造纸，东晋军事家陶侃用竹子造船。所以，竹子为古人的生产生活、文化传播都立下了汗马功劳。

• **博物**

分类
植物界—被子植物门—单子叶植物纲—禾本目—禾本科

原文

蓬艾亲入御于床笫兮，马兰踸踔^①而日加。
弃捐药芷^②与杜衡兮，余奈^③世之不知芳何。

——东方朔《七谏·怨世》

① 踸踔：chěn chuō，指跳跃貌；同"趻踔"，引申为迅速滋长。
② 芷：zhǐ，香草。
③ 奈：nài，奈何。

赏析

　　飞蓬和野艾受到喜爱栽种在床头啊，恶草马兰枝繁叶茂迅速滋长，可白芷、杜衡这些香草都被抛弃啊，我慨叹世人不知道什么是真正的香草。

　　飞蓬、野艾、马兰这些恶草受到喜爱和礼遇，白芷和杜衡这些香草都无人问津，社会上同样是奸佞小人当道，忠贤遭到排挤。作者借草木写出了对政治者亲近小人而疏远贤臣的不满和对自己遭遇的慨叹。

端午节是我国的传统节日，端午节吃粽子、赛龙舟、佩戴五彩线和艾草香囊，在门前插艾都是传统的习俗。在这儿，我们要说一说端午节的"明星植物"——艾。艾，也叫野艾，是一种多年生草本植物，全身上下都有浓烈的香气。野艾适应能力很强，生命力极其顽强，除了极干旱与高寒地区外，它的身影几乎遍及全国。

野艾是现代中医常用的中草药，它全草可以入药，而且药用价值很高，有温经祛湿、止血消炎、平喘止咳、抗过敏的作用，内服外用，疗效都十分显著。古人还会把艾叶晒干捣碎，做成"艾绒"，制成艾条，供艾灸时使用。艾灸是一种传统的中医理疗方式，用点燃的艾条靠近穴位，就像做针灸一样，从而起到治疗作用。近几年来，随着中医理论的普及，艾灸被越来越多的人认识并认可。中国有句古话，"家有三年艾，医生不用来"，说的就是艾灸的妙处。现在，人们不仅做出了艾灸条，还有艾灸包、艾灸器，把艾的中药价值利用到了极致。

每年到了端午节，大街小巷就弥漫着艾草的香气。瞧，人们门上插着艾草，身上佩戴着艾草做的香囊，再吃上一口艾草汁做成的青团，那叫一个美味！我国自古以来就有端午节在门口悬挂艾草的习俗，据说在门口悬挂艾草可以驱避瘴气，赶走疾病。人们会用艾草做成香囊挂在小孩子的脖子上，又好看又实用。艾草青团更是走进了千家万户。所以说，艾草是端午节的明星植物一点儿也不夸张。

● **博物**

分类

植物界—被子植物门—双子叶植物纲—桔梗目—菊科

原文 采三秀①兮於山间,石磊磊②兮葛蔓蔓;
怨公子兮怅③忘归,君思我兮不得闲。

——屈原《九歌·山鬼》

① 三秀:灵芝。
② 磊磊:石头堆积的样子。
③ 怅:失意。

赏析 我在那巫山之间采集灵芝仙草啊,山石嶙峋啊葛藤四处蔓生。怨恨你为什么失约啊我怅然忘返,我想你也思念我,只是没有空闲。

这两句诗描写了一个温柔多情的山中精灵满怀期待地前来赴约,还采集了仙草准备送给自己的意中人,但意中人迟迟没有来,精灵因此惆怅又失落。

古代文人比较清高，似乎都喜欢坚韧、高贵，有气节的植物，他们通常都会选择一些挺拔高雅的植物自比，比如玉兰、兰花、竹子、松柏、荷花等。相比之下，那些藤藤蔓蔓、弯弯绕绕的藤类植物就往往因对比而受到嫌弃。比如我们今天要说的这个植物中的大明星——葛藤，一般指东京银背藤。

它的名字叫葛藤，当然就是藤类植物啦！葛藤的藤蔓非常发达，可长达十余米，结实粗壮，四处蔓生。它的叶子裂成三片，有长长的叶柄，果实像细长的豆荚一样，上面布满黄褐色的硬毛。它的模样不起眼，花也不香，再加上枝枝蔓蔓的，显得很没气质，所以就被屈原归于恶草，用来对比挺拔优雅的香花香草了。

葛藤被称为恶草，真是冤枉它了。葛藤可是为华夏的文明做出了巨大的贡献。

葛藤非常坚韧，韧皮部纤维丰富，所以用途十分广泛。早在新石器时代，我们的先人便用葛藤搓成绳子，织成"葛布"。再后来人们用它做成衣服，叫"葛衣"，还有用它做的鞋子称为"葛履"。因葛藤和古人的生活息息相关，官府便鼓励百姓们大片种植，周朝时还有专门向农民征收葛藤的官员呢！

时至今日，我们有了更舒适的棉、毛、蚕丝、纤维制品来做衣服，当然不会再穿葛衣、葛履了，但葛藤并没有淡出我们的生活。葛藤的块状根又称为葛根，不但可以用来充饥，更可以改善心脑血管功能，降血糖、提高记忆力、防癌抗癌，有多种药用价值，越来越受到人们的青睐。

博物

分类

植物界—被子植物门—双子叶植物纲—管状花目—旋花科

原文 离忧患而乃寤①兮，若纵②火于秋蓬。
业失之而不救兮，尚何论乎祸凶。

——东方朔《七谏·沉江》

① 寤：wù，醒悟。
② 纵：放。

赏析 　　遭到忧患才知醒悟啊，就像秋天在飞蓬中放了一把火，那火势已经形成，无法挽回了。君王失道，自己都已经自身难保了啊，还谈什么国家福祸吉凶。
　　这两句诗道出了屈原投江前内心的痛苦，透着壮志未酬的遗憾和无奈，表达了屈原对君王失政的痛心和大势已去，自己没有回天之力的悲哀。

古人在迎接贵客时，常常用一个词叫"蓬荜生辉"，意思是贵客的到来，让家里的草墙都好像熠熠生辉了。那么"蓬荜"到底是什么呢？"蓬"和"荜"都是指野草，合在一起指代野草做的墙，形容家里的简陋。而"蓬"就是我们今天要说的一种会轻功的野草——飞蓬。

提到飞蓬，也许你会感到陌生，但是提到蓬松、蓬乱、蓬头垢面，那你就熟悉了吧？这些词就是从飞蓬延伸出来的，所以要形容飞蓬，一个字就够了，那就是"乱"。

飞蓬是一种最常见的野草，它的适应能力超强，在我国有着广泛的分布。飞蓬的茎直立，上面有分枝，叶子窄窄细细，像柳叶一样，7至9月为花期，花芯是黄色的，就像一朵缩小版的小雏菊。飞蓬在春天发芽，枝叶非常粗壮，但根不怎么发达。在春夏之季，它和其他的野草没有什么区别，但到了秋冬季节，就到了它大炫技艺的时候了。

秋冬季节，飞蓬的枝叶会因为水分消失而慢慢枯萎，变得轻飘飘的。当北风呼号的时候，风力常常会将飞蓬连根拔起，这时，飞蓬就会随着北风在地上滚动起来，风大的时候甚至在空中飞舞，就像一个武林高手，而飞蓬的名字正是因此而来。

别看飞蓬不起眼，却很受文人墨客的青睐。飞蓬的侵略性极强，在荒地上成片生长，还常常侵入农田，成为农田的一大祸患，令人头疼不已。因此，屈原把它归为恶草，用来和香草做对比。

• 博物

分类
植物界—被子植物门—双子叶植物纲—桔梗目—菊科

原文 ● 茅丝兮同缲①,冠履②兮共絇③。
督万兮侍宴,周邵兮负刍④。

——王逸《九思·悼乱》

① 缲:编织。
② 履:鞋。
③ 絇:qú,古时鞋上的装饰物,这里指装饰。
④ 刍:草料。

赏析 ● 　　杂乱的茅草和精美的丝线啊,它们编织在一起,头上戴的帽冠和脚下的鞋子啊,它们被一起装饰。华督宋万这样的佞臣啊陪吃陪喝,周公邵公这样的贤人却要去背草料喂马。
　　这两句诗表达了作者对于忠奸混淆、是非不分的世道的悲痛和郁结。

杜甫在《茅屋为秋风所破歌》中写道："八月秋高风怒号，卷我屋上三重茅。"这里的茅就是指茅草，也就是我们今天要说的白茅。

在我国古代，茅草屋是穷苦百姓的标配。早在氏族社会时期，我们的先人就已经开始用茅草来盖房屋了，那么人们为什么要选用茅草盖房屋呢？首先当然是因为它特别常见，白茅适应能力特别强，在我国北方地区，几乎可以说随处可见，取材方便是它的一大优势；另一个原因是结实，茅草的质地非常坚韧；最后，用茅草做成的房子冬暖夏凉，是穷苦百姓理想的建筑。

白茅是一种多年生草本植物，在我国各地均有分布。白茅的草秆直立粗壮，叶子细细窄窄，通常会向内微微卷起，叶子比较硬挺，上面布满柔软的细毛。不过这些毛非常细小，你要仔细观察才能发现它们。白茅的地下茎非常柔韧、发达，可以在土地中横走，我们的先人常常用白茅的地下茎来制作绳子，柔韧、结实，非常实用。不过，用白茅的地下茎做绳子其实是有些浪费了，这些地下茎其实是一味中药，叫茅根，可以清热败火，有很高的药用价值。

夏初，草秆的顶端会结出圆锥状的花序，上面布满了很多的小种子，小种子上有细细的毛，成熟后就随风飘扬，落到哪里就在哪里生根发芽。不过一旦白茅入侵田地，要铲除它可就太难了。白茅再生力极强，把它的根茎晒干，再埋入土里，它依然能够成活。所以白茅又被称为"顽固性杂草"，也正是因为这个原因，茅草在楚辞中被归为恶木、杂草。

● 博物

分类

植物界—被子植物门—单子叶植物纲—禾本目—禾本科

021

原文 行明白而曰黑兮,荆棘聚而成林。
江离弃于穷巷兮,蒺藜①蔓乎东厢。

——东方朔《七谏·怨思》

① 蒺藜:jí lí,植物。

赏析 　　行为清清白白却被诬陷抹黑啊,荆棘却已经成片生长成林。把香草江离抛弃在穷街陋巷啊,却把恶草蒺藜种在宫殿的华堂之上。
　　小人当道,把楚国上下弄得一片乌烟瘴气,黑白颠倒,举世污秽,作者为这样的世道而哀怨忧思,却又无能为力。这两句诗表达了作者的愤懑和无可奈何。

古代人们称呼自己的妻子，常常不说妻子，而叫拙荆。拙是古人自谦的说法，那荆是什么呢？荆就是黄荆，是一种植物。古代的妇女常常用黄荆的枝条来制作发簪，久而久之，人们干脆就用荆来指代女人了。

黄荆是一种低矮的灌木，生命力非常顽强，即使在干旱贫瘠的山石缝中，也常常能看到它的身影。它的枝条比较柔韧，小枝通常呈四棱形，春末夏初，小枝的顶端或叶腋处就会长出圆锥形花序。

黄荆开花时，它的整个花序会从植株上探出来，好像在探头和小蜜蜂们打招呼："嘿，我开花了，快来采集花蜜吧，味道好极啦！"小蜜蜂呢？早就盼着荆花开放的这一天了！每当荆花大片开放的时候，便有成千上万的蜜蜂来采花酿蜜。荆花蜜是所有蜂蜜品种中最常见的一种蜂蜜，这正是因为荆花的蜜源是最丰富的。不过你要知道，虽然名字叫黄荆，但它开出的花却并不是黄色的，而是像薰衣草一样的紫色小花，上面长满了细密的绒毛。

黄荆的茎皮可以用来造纸、做人造棉，它的叶子可以入药，种子可以清凉镇痛，花和枝叶可以提取芳香剂，真是浑身是宝。

黄荆和古人的生活密切相关。我国历史上有许多关于黄荆的传说与故事，黄荆在客家人的心中更是有着极高的地位，被客家人尊为神树。现在，人们常常把它做成盆景，做出各种造型，美观大方，很受人们欢迎。黄荆的根被称为"荆疙瘩"，它造型独特，材质结实不易腐烂，特别适合做成根雕，我们今天在古玩市场看到的根雕很多都是黄荆的树根做成的。

• 博物

分类

植物界—被子植物门—双子叶植物纲—管状花目—马鞭草科

原文

五谷不生，丛菅①是食些。

其土烂人，求水无所得些。

——宋玉《招魂》

① 菅：jiān，茅草。

赏析

　　那里五谷不生，只有丛丛茅草可充饥。沙土能把人烤烂，想要喝水却一滴也得不到。

　　《招魂》是为古代巫术招魂仪式所作的特殊的文体，通过描写天地四方的罪恶和可怕，从而让亡人的灵魂回到楚国，而这两句诗正是描写了西方的险恶，让魂魄赶快回来。

我们在武侠小说中经常听到一个词,那就是"草菅人命",意思就是视人命如草菅,一点儿也不重视。那么草菅到底是一种什么东西呢?草,就是指普通的野草;而菅呢,就是我们今天要说到的这种野草的代表——芒草。

芒草是一种多年生的草本植物,适应能力极强,在我国很多省份都有分布,是一种随处可见的野草。芒草的叶子又窄又细,像剑一样,茎秆像竹子一样分成许多节,秆的顶端会长出圆锥形的花序,一条一条的,花序上开出小花。但它的花比小米还要小,要用放大镜才能看得清呢!

夏末秋初,花序上就会结出草籽来,这些草籽上有很多细小的绒毛,这让它的种子可以像蒲公英一样随风飘散到各处。芒草的这些小种子,不但数量庞大,飞行技艺也非常高超,而且生命力更是顽强。无论是菜地、麦田、沙土地,还是坚硬的石头缝、水泥板、屋顶……只要那儿哪怕有一丁点儿的土和水,它们就能在那里生根发芽,茁壮成长。正是因为这样,芒草的家族越来越壮大,因此我们经常看到大片大片的芒草丛。它们常常入侵麦田菜地,所以一直被人们当作野草来看待,想要除之而后快。

不过,在古人的生产生活中,芒草也做出了不少的贡献,人们用它来做燃料,用它来饲养牛羊,它还是古代人们制作草鞋的主要材料,比如大文豪苏轼就曾写道:"竹杖芒鞋轻胜马,谁怕?一蓑烟雨任平生。"这里的芒鞋,就是芒草做的鞋子呢!

● 博物

分类

植物界—被子植物门—单子叶植物纲—禾本目—禾本科

原文 • 兰芷变而不芳兮,荃①蕙②化而为茅。

何昔日之芳草兮,今直为此萧艾也?

——屈原《离骚·第十一章》

① 荃:quán,香草名。
② 蕙:huī,香草名。

(白芷)

赏析 • 　　兰草和白芷变得失掉了芬芳,荃草和惠草也被同化变成了茅草。为什么从前的香草,今天全都变成了白蒿和野艾?

　　屈原借兰和白芷失去芬芳,香草变成野草,感慨世道纷乱,变化无常,如果不洁身自好,就会在污淖中迷失自己的方向。表达了作者洁身自好,绝不随波逐流的心志。

白芷是有名的香草，也是楚辞中出现次数最多的香草。

《尔雅翼》说："楚辞以芳草比君子，而言芷者最多。"这里的芷就是白芷。那么这大名鼎鼎的白芷到底长成什么样子呢？

白芷是一种多年生草本植物。不要以为草本植物都很小，白芷却高大粗壮，最高能达到两米呢！白芷的叶片很大，边缘长着细密的锯齿，叶柄很长，姿态优雅，有很高的观赏价值。它的花是白色的，很小，排列成伞状的花序，看起来并不起眼。

白芷根系发达，能长到一尺多长，根是白色的。所以，它其实长得有点儿像我们常吃的牛蒡，不过模样要比牛蒡好看得多。现在你知道"白芷"这个名字是怎么来的了吧？就是因为它的根又白又长啊！

白芷全草都具有挥发油，换句话说，它全身上下都散发着香气。在没有"香水"的古代，白芷深受人们的追捧和喜爱。古代的女人很喜欢用白芷的叶片来泡澡，就像现在我们用玫瑰花瓣泡澡一样，洗完之后全身上下都香喷喷的。父母长辈也常常把白芷送给晚辈妇女做礼物，就像给她们送香水和化妆品一样，可见它在当时是一种比较珍贵的东西。

白芷不仅好看又好闻，它的根还是一种重要的中草药，有扩张冠状血管，使对中枢神经兴奋的作用，可以治疗感冒、头疼等多种疾病。更重要的是，用它磨成粉做成面膜，还可以美白呢！直到现在，很多化妆品中都加入了白芷，可以养颜美容，效果非常好！

博物

分类

植物界—被子植物门—双子叶植物纲—伞形目—伞形科

原文

菅蒯①兮野莽②，藿苇③兮仟眠。
鹿蹊④兮蹒跚⑤，貒⑥貉⑦兮蟫蟫⑧。

——王逸《九思·悼乱》

① 菅蒯：jiān kuǎi，茅草。
② 野莽：无边无际的草木。
③ 藿苇：guàn wěi，泛指芦苇。
④ 蹊：xī，小路。
⑤ 蹒跚：duàn duàn，野兽的足迹。
⑥ 貒：tuán，猪獾。
⑦ 貉：hé，兽名。
⑧ 蟫蟫：xún xún，相随的样子。

赏析

丛丛茅草很繁盛，块块芦苇多茂密。麋鹿践踏留足迹，猪獾小貂相逐戏。

作者通过对繁盛的茅草、茂密的芦苇丛中，麋鹿、猪獾和貂追逐嬉闹的热闹场景的描述，写出了自己的痛苦和无奈。小动物尚且都有同伴的陪伴，而自己孤身一人，形单影只，是多么孤单啊！

芦苇是我国分布最为广泛的草本资源，与古人的生活息息相关。早在先秦时期，人们就开始普遍使用芦苇了。《诗经》有云："七月流火，八月萑苇。"意思是说八月是收割芦苇的季节，可见芦苇在当时的生产生活中已经非常重要了。

芦苇是多年生草本植物，高3至4米，就像竹子一样，是一节一节的，叶片呈剑形，它优雅舒展又坚韧，风一吹，更是婀娜多姿。

芦苇是适应能力极强的水景植物，在有水泽的野外，我们经常可以看到大片大片的芦苇，甚至连小河都因为它变成了"芦苇荡"。苏东坡曾写下"蒌蒿满地芦芽短，正是河豚欲上时"，芦芽正是初生的芦苇的嫩芽；芦苇的地下茎叫芦根，根系十分发达，成片地连在一起，自古以来就是重要的药材，被载入《神农本草经》中；芦苇的茎秆柔韧中空，被普遍用来编篓制席，建筑房屋，还是造纸的重要原料；而且芦苇的叶、茎和根都具有通气组织，在污水净化和改善水源方面起到了重要作用；另外，芦苇的可燃性很强，所以在古代的祭祀活动中，芦苇还是必不可少的燃料。

所以，你瞧，芦苇全身都是宝，适应能力又强，因此被古人广泛应用。

但大概因为芦苇太常见、太普通，我国古代很多文人对芦苇这种植物没有特别的喜爱，甚至充满了嫌弃，比如一副有名的对子："墙上芦苇，头重脚轻根底浅；山间竹笋，嘴尖皮厚腹中空。"这不禁要让我们为芦苇鸣不平了，长在墙头上的，确定是芦苇吗？

博物

分类

植物界—被子植物门—单子叶植物纲—禾本目—禾本科

原文　进不入以离尤兮，退将复修吾初服。
　　　　制芰①荷以为衣兮，集芙蓉②以为裳。

——屈原《离骚·第五章》

①芰：jì，菱叶。
②芙蓉：荷花。

赏析　既然进谏不成反而遭到离间而获罪，那就隐退回来重新穿回我的旧衣裳。我要把菱叶裁剪成我的上衣，荷花连缀成衣裳的下摆。

　　荷花和菱叶象征着高洁，象征着出淤泥而不染，屈原借"穿回旧衣裳"指代归隐，表达了自己宁愿归隐山林，也不愿与世俗同流合污的高洁品质。

荷花被称为"活化石",是被子植物中起源最早的植物之一。

荷花原产于亚洲,在河南仰韶文化遗址出土的文物中,人们发现室内台面上有炭化的粮食和两粒莲子,距今已经有五千多年的历史了。

荷花是一种水生植物,它的根茎就是我们餐桌上的美味——莲藕,它肥大多节,横生于水底泥中。荷叶又圆又大,表面深绿色,有一层厚厚的蜡质,所以当雨点滴落在荷叶上,会变成一个个圆滚滚的小水珠。荷叶的叶柄呈圆柱形,中间是空心的,上面密布着倒刺。荷花的花朵就更不用说啦!它优雅清丽,超尘脱俗,花朵硕大,芳香四溢,就像是一个穿着粉色衣服的仙女在荷叶上翩翩起舞,极具观赏价值。荷花的雌性花蕊埋藏于倒圆锥状海绵质花托里,花托的表面有很多蜂窝状孔洞,受精后逐渐膨大成为莲蓬,莲蓬的孔洞里装的就是我们经常吃的莲子啦!

西周时期,荷花开始作为观赏植物被普遍种植。吴王夫差曾为西施修建玩花池,里面栽种的便是荷花。自此,荷花以其优雅的风姿走进了人们的精神世界。

古往今来,人们对荷花的赞美和吟咏不计其数。西汉时期,乐府诗辞盛行,由此产生了众多以采莲为意象的《采莲曲》,有关荷花的诗词歌赋、绘画、雕刻、工艺品更是层出不穷。如明清时期的木刻版画,多采用荷花的形象,取义"莲生贵子""莲年有余"的吉祥寓意。

博物

分类

植物界—双子叶显花植物纲—毛茛目—睡莲科

原文 • 若有人兮山之阿,被薜荔兮带女萝。
既含睇①兮又宜笑,子慕予兮善窈窕②。

——屈原《九歌·山鬼》

① 睇:dì,眼睛斜看。也泛指看。
② 窈窕:yǎo tiǎo,心灵仪表兼美的女子的样子。

赏析 • 好像有个人儿啊在山坳,身穿薜荔做成的衣服,腰束女萝束做的腰带。我含情脉脉啊开口微微笑,你爱慕我啊美丽又窈窕。

这两句出自《山鬼》,名为山鬼,其实说是山间的精灵或是山神更为合适,短短几句,就把一个顾盼微笑、含情脉脉的山中精灵表现得淋漓尽致。仿佛从诗中走了出来,正对着你微笑呢!

在潮湿地带的松柏类植物上，经常可以看到一些奇怪的"丝线"垂下来，它们牢牢地依附在松柏的身上。奇怪，这些丝线是谁系上去的呢？

其实，这是一种寄生在松柏上的地衣类植物，名字叫"松萝"。《诗经》中有"茑为女萝，施于松柏"的描述，描写的就是松萝依附松树而生的现象，借以比喻女子依附于夫君。

松萝是一年生寄生草本植物，模样有点儿像菟丝子，就像一些垂下来的丝线。松萝喜欢潮湿的环境，经常附着在松树上，成丝状下垂。这些垂下来的丝线其实是一种地衣类植物，是由许多藻和菌共生的丝状物，有一定的弹性，要依附在其他植物上才能生长。松萝的细丝是灰绿色的，比头发丝粗不了多少，长15至40厘米，向下分叉成两根，渐渐变细。

松萝虽然没有叶子，但成熟后会结出果实。松萝的果实很小，不仔细看你可能找不到它，它呈扁球形，直径只有3至4毫米，比一颗绿豆大不了多少，成熟时果实会裂开，里面通常有4颗淡褐色的小种子。这些小种子表面很粗糙，别看它们不起眼，却有大用处。松萝的果实可以入药，而且药用价值很高。

有趣的是，松萝和菟丝子是两种不同的植物，但由于松萝与菟丝子模样非常像，又都是缠绕在其他植物上生长，不容易区分，所以古人常常把松萝和菟丝子混淆起来。屈原的《九歌》中的山鬼"披薜荔兮带女萝"，可见松萝在《楚辞》中是归于香草一类的。

• 博物

分类

植物界—地衣门—子囊衣纲—松萝科

原文　西施媞媞①而不得见兮,嫫母②勃屑而日侍。

桂蠹③不知所淹留兮,蓼④虫不知徙乎葵⑤菜。

——东方朔《七谏·怨世》

① 媞媞:tí tí,美好的样子。
② 嫫母:mó mǔ,传说为黄帝第四妃,样子很丑陋。
③ 桂蠹:guì dù,寄生在桂树上的一种虫。
④ 蓼:liǎo,草本植物。
⑤ 葵:冬葵。

水蓼

赏析　容貌美丽的西施遭到排挤,奇丑无比的嫫母反而得到亲近和宠爱。寄生在桂树上的蛀虫吸食着甘甜的汁液不知满足,水蓼上的小虫食惯了苦味却不知道迁徙到甜菜上去。

诗人讽刺那些拿着朝廷俸禄却贪婪不知足的人就像桂树上的蛀虫,食甘而不知足;而自己就像水蓼上的小虫,辛苦惯了,反而不觉得辛苦了。

水蓼是一年生草本植物，生长在浅水边。小溪边、小河边和沼泽边经常能看到它的身影。它是一种不起眼的植物，但是和人类有着千丝万缕的联系，特别是对古代的先人来讲，是一种非常重要的植物。

古时候，调味品的种类十分匮乏。水蓼的叶子有辣味，在葱、姜、蒜等调味品被广泛应用之前，先民们都是用它的叶子作为调味料，用以去除鱼肉的腥味。

水蓼不仅可以用于调味，还可以用于酿酒呢！

水蓼的叶子，又尖又细，油亮油亮的，叶子上布满褐色的小点，尝一口，味道辣极了。也正是因为这种辣味，让它在古代众多的野草中脱颖而出，变成了一种调味品，从而有了特殊的地位。

白居易的《竹枝词四首》中写道："水蓼冷花红簇簇，江篱湿叶碧凄凄。"水蓼开白花或淡红色小花，一串串并不显眼，花落后结成卵形果实。这些果实不能食用，但人们会收集它的种子，把它泡在水里让它发芽，把水蓼的嫩芽当作蔬菜来食用。等一下！是不是听起来有点儿像生豆芽菜呀！据说，这些嫩芽味道还不错呢！

水蓼全草可以入药，有极高的药用价值，内服有散瘀止血、祛风止痒、化湿解毒的功效。

博物

分类

植物界—被子植物门—双子叶植物纲—蓼目—蓼科

原文 ● 西施媞媞而不得见兮,嫫母勃屑而日侍。
桂蠹不知所淹留兮,蓼虫不知徙乎葵菜。

——东方朔《七谏·怨世》

冬葵

赏析 ● 　　容貌美丽的西施遭到排挤,奇丑无比的嫫母反而得到亲近和宠爱。寄生在桂树上的蛀虫吸食着甘甜的汁液不知满足,水蓼上的小虫食惯了苦味却不知道迁徙到甜菜上去。
　　诗人讽刺那些拿着朝廷俸禄却贪婪不知足的人就像桂树上的蛀虫,食甘而不知足;而自己就像水蓼上的小虫,辛苦惯了,反而不觉得辛苦了。
　　(此部分同草部中的"水蓼")

冬葵的名字，你可能会感到比较陌生，但在春秋战国时期，它可是人们饭桌上最常食用的蔬菜了。《诗经》有云"七月亨葵及菽"，其中的"葵"便是指冬葵了。

冬葵是一年生草本植物，高约半米。它喜欢冷凉、湿润的气候，不耐高温和严寒，主要分布于我国湖南、四川、贵州、云南等地。

冬葵有着宽大的叶子，模样像巴掌一样，两面长满了细细的毛，夏天开白色小花，花期比较长，果实呈扁球形。冬葵全株可以入药，性寒味甘，有利尿、催乳、润肠通便的功效。

古人常常采集冬葵的嫩叶作为蔬菜食用，在《尔雅》中，它还被称为"百菜之王"。

那么，冬葵的味道到底怎么样呢？实话告诉你吧，一点儿也不好吃。冬葵的叶子滑溜溜的，味道有点儿怪，《尔雅》中之所以把它称为"上品"，是因为当时的蔬菜品种实在是太少了，大部分都很难吃，其他的蔬菜比冬葵更难吃。唉，古人真可怜，对吧？

随着蔬菜品种的增多，冬葵作为蔬菜早就退出了历史舞台。现在，它作为一种园林植物被广泛栽培，是一种观赏植物。

由于在战国时期，冬葵还很受欢迎，所以在《楚辞》中它便属于香草了。

博物

分类

植物界—被子植物门—双子叶植物纲—锦葵目—锦葵科

原文

抽蒲兮陈坐，援芙蕖①兮为盖。
水跃兮余旌②，继以兮微蔡③。

——王褒《九怀·尊嘉》

① 芙蕖：fú qú，荷花的别称，这里指荷叶。
② 旌：jīng，古代一种在旗杆顶上用彩色羽毛做装饰的旗子。
③ 蔡：野草。

赏析

拔蒲草做成蒲席铺在船上，采集莲花做船的顶篷。水花飞溅，溅到我的船旗上，草芥漂浮到我的船帮旁。

王褒和屈原有着相似的遭遇，他遭受贬谪，思恋故土，为君王的昏庸而伤心不已，望着淮水，想到屈原沉江，思绪万千，便想象着自己顺水而去，直到大海。这两句诗就是描写他的小船顺水而下的场景。

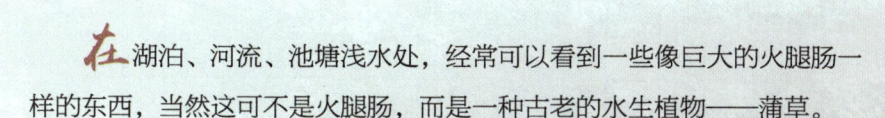

在湖泊、河流、池塘浅水处，经常可以看到一些像巨大的火腿肠一样的东西，当然这可不是火腿肠，而是一种古老的水生植物——蒲草。

在古诗词中，蒲草也是常常出现的意象。比如白居易就在"碧毯线头抽早稻，轻罗裙带展新蒲"的诗句中，描写舒展的蒲草像少女的罗裙一样摇曳多姿。

蒲草是一种水生或沼生多年草本植物。植株高大，地上茎直立，粗壮，叶片较长，是中国传统的水景花卉，常常被用于美化水面和湿地，有一定的观赏价值和经济价值。

蒲草适应能力很强，河、湖岸边的沼泽和湿地中，随处可见它的身影。它植株高大，根茎十分粗壮。初夏时分，它会抽出圆柱形的黄绿色穗状花序。位于花茎顶端的是雄花，散完花粉后便会脱落，而下面的雌花序慢慢发育成棕红色的又粗又大的蒲棒，就像从水里生出来的蜡烛，所以蒲草又被称为水烛，这种叫法是不是很形象？蒲棒干透后，就变成了絮状的，被称作"蒲绒"，古人常常采集它来替代棉花，填充床枕。

蒲草的叶片韧性极好，《孔雀东南飞》中就提到过它，诗中说"蒲草韧如丝"。所以蒲草自古以来就广泛地被用作编织材料，编成蒲绳、蒲团、蒲席、蒲包，为人们的生活提供必需品。它还是一种重要的造纸原料呢！

虽然蒲草上结出的"火腿肠"不能吃，但蒲草却有着很高的食用价值。它的假茎白嫩脆爽，味道清甜，是一道爽口的小菜；地下匍匐茎尖端的幼嫩部分也可以食用。

• 博物

分类

植物界—被子植物门—单子叶植物纲—禾本目—香蒲科

原文 菫①荼②茂兮扶疏，蘅③芷④彫兮莹嫇⑤。

愍⑥贞良兮遇害，将夭折兮碎糜⑦。

——王逸《九思·伤时》

① 菫：jǐn，菫葵。
② 荼：tú，古书上指一种苦菜。
③ 蘅：héng，一种香草。
④ 芷：zhǐ，白芷。
⑤ 莹嫇：yíng míng，萧瑟貌。
⑥ 愍：mǐn，同"悯"。
⑦ 糜：mí，腐烂；糜烂。

赏析 　　菫葵、苦菜啊长得那么茂盛，杜衡、白芷这些香草啊却枝叶凋零。哀怜忠良啊遭到了迫害，早早地夭亡啊还要遭到碎尸。

　　王逸对这个世道感到非常悲哀，他用菫葵、苦菜的茂盛比喻小人、佞臣的猖獗，以杜衡、白芷这些香草的凋零比喻像自己这样的忠贤之士受到迫害。后面两句更是直接道出了他对当政者的不满，句句掷地有声，感人肺腑。

苦菜是先民们最早利用的一种野菜，民间食用苦菜已经有两千多年的历史。苦菜在古代被称为"荼"，在《诗经》和《楚辞》中均有介绍，当时楚国已经在园圃大量栽培苦菜。明清的古籍中将苦菜列为"蔬菜类"，可见它在当时是人们桌上最重要的蔬菜之一。

苦菜，顾名思义，它的味道当然是苦的。那既然是苦的，为什么还能作为先民们桌上的重要蔬菜呢？最主要的原因是苦菜适应能力特别强，满地都是，很容易找到。苦菜的繁殖能力特别强，在菜地农田里，我们都能看到大片的苦菜。另外还有一个重要原因，就是古时候蔬菜的品种特别有限，估计味道都不怎么样，苦菜的味道算不上最难吃的，因此才被大片种植。想到这儿，是不是觉得古人怪可怜的？

苦菜，是多年生草本植物，我们平时见到的苦菜都比较小。它的叶子形状像羽毛，边缘有锯齿，早春开淡黄色的小花，花的模样就像野菊花。

随着社会发展和蔬菜种类的增多，苦菜早已经慢慢退出了人们的餐桌，当然也就不会被当作蔬菜来看待了。我们现在都把它视为杂草，但早春时节还是会有很多人去挖鲜嫩的幼苗来吃，苦菜味苦清火，有一定的食疗和保健作用。

尽管苦菜为先民的"菜篮子工程"立下了汗马功劳，但因为它的味道实在不敢恭维，又是遍地丛生的杂草，难怪屈原在《楚辞》中将其列为恶草了。

• 博物

分类

植物界—被子植物门—双子叶植物纲—桔梗目—菊科

原文 鱼葺①鳞以自别兮，蛟龙隐其文章。
故荼荠②不同亩兮，兰茝③幽而独芳。

——屈原《九章·悲回风》

①葺：qì，重叠。
②荠：jì，荠菜。
③茝：chǎi，古书上说的一种香草。

赏析 鱼儿修饰它的鳞片来显示它的与众不同，蛟龙反而把身上的文彩隐藏，所以苦菜与甜菜从不种在一地啊，兰芷生在幽僻的深山才独具芳香。

世俗之人就像鱼儿一样，总想显示自己的与众不同，而屈原就像蛟龙，不愿意修饰自己以迎合世人。诗人借这两句诗，表达自己不愿和世俗同流合污，要像空谷幽兰一样洁身自好。

和苦菜一样，荠菜也是先民餐桌上最重要的蔬菜之一，但不同的是，荠菜可比苦菜的味道好多了，所以它在民间的待遇可就完全不一样了。

荠菜是一年至两年生草本植物，适应广泛。在菜地田间，特别是麦地里生长的最多，也最为茂盛，所谓"过春风十里，尽荠麦青青"。可见荠菜和小麦可谓"黄金搭档"，这一搭就搭了几千年。

荠菜的叶片上有很细的毛，叶子从根部生长出来向四周伸展，叶片的旁边有锯齿，开白色小花。虽然它很小，但是仔细瞧瞧，还很漂亮呢！你有没有注意过荠菜茎上有一排小小的小桃心，还带着细细的柄？你知道那是什么吗？告诉你吧，那些其实就是荠菜的果实。大自然的造化，真是鬼斧神工，对吧？

我们平时看到的荠菜比较小，大概也就是十几厘米高，但是你知道吗？野外的荠菜最高可以长到40厘米高呢！

每年早春时节，在野外经常看到有人拿着小铲子，蹲在地上挖荠菜。这时的荠菜又鲜又嫩，甜丝丝的，可好吃了，而且还富含多种营养，用来做野菜饼、包水饺、炒鸡蛋，都是响当当的美食，有机会一定要尝一尝呀！

开过花的荠菜就算是"老荠菜"了，虽然没有了幼嫩可口的口感，但药用价值很高，有消食和胃、利水止血、清肝明目之效，还可以治疗痢疾水肿等多种疾病。我国很多地方民间有"三月三，荠菜煮鸡蛋"的习俗，可以治积食，治头痛。

• 博物

分类

植物界—被子植物门—双子叶植物纲—白花菜目—十字花科

原文 · 执棠溪①以斩蓬兮，秉②干将以割肉。

筐泽泻以豹鞟③兮，破荆和以继筑。

——刘向《九叹·怨思》

① 棠溪：利剑。
② 秉：bǐng，拿着，握着。
③ 鞟：kuò，去毛的兽皮。

泽泻

赏析 · 　　拿着棠溪利剑去割蓬蒿、野草啊，用干将宝剑当厨刀割肉。豹皮口袋装满泽泻啊，却用大杵捣碎美玉和氏璧。

　　刘向这一段表达了自己怀才不遇的幽怨和沉思。自己满腹学识，一心想帮助君王成名立业，却得不到当政者的重用，这就像把举世名剑当成了镰刀和厨刀，去割草剖皮，不是大材小用，而是暴殄天物了。

泽泻，瞧瞧这个名字，你是不是大概就能够猜出它生长在哪里了？对啦，它就生长在水边嘛！

泽泻是一种多年生草本植物，常常大片大片地生长在沼泽和湖边，在我国各省均有分布。它的叶子很特别，是椭圆形的，有长长的叶柄，样子有点儿像绿萝。花朵硕大美丽，花期很长，很适合用作观赏花卉。

不过，如果你认为泽泻只是一种观赏植物，那你可就小看它了。泽泻自古以来就是中草药中的上品，在临床使用上有着悠久的历史，明朝万历年间开始大面积栽培，直到现在依然是活跃在中草药房里重要的中草药之一。它可以用于治疗肾盂肾炎、肾水肿、高血脂等疾病，古人对于它的药用价值笃信不疑，甚至一度将它奉为仙药。

泽泻的药用部分是它的块状茎，成熟的块茎很大，有点儿像地瓜，呈类球形、椭圆形或卵圆形，表面黄白色或淡黄棕色，有不规则的花纹，非常结实，里面是黄白色。值得一提的是，只有干燥的块茎才能入药，鲜泽泻全株有毒，地下根的毒性更大，如果汁液不小心弄到身上，会造成皮肤瘙痒。

泽泻在古代还被称作"薏"，在《诗经·魏风》中，就有这样美好的诗句："彼汾一曲，言采其薏。彼其之子，美如玉。"意思是在汾水的河湾，有人在采泽泻，那是谁家的男子，美得犹如美玉。

不过泽泻实在是太常见了，加上全株有毒，在《楚辞》中便被归于恶草了。

博物

分类
植物界—被子植物门—单子叶植物纲—泽泻目—泽泻科

原文 • 蜂蚁微命,力何固?
惊女采薇,鹿何祐?

——屈原《天问》

赏析 • 　　蜜蜂、蚂蚁的生命原本微不足道,但为何团结在一起力量如此牢固?伯夷、叔齐惊于妇人之言不再采薇,白鹿为何要庇佑他们,用自己的乳汁喂养他们?
　　《天问》是屈原以"问题"贯穿全文的长诗,全篇七十二个问题,表现出了屈原渊博的学识和不断求索的高贵品质。这两句用疑问句表达了希望国人团结一致,希望命运眷顾有气节的忠贞之士。

在《文选·辨命论》中，记载着这样一个动人的故事：商朝灭亡后，伯夷和叔齐隐居在首阳山，靠采薇充饥。野外的妇人看见他们，讥笑他们说："你们不食周国的粮食，真有气节啊，但你们采的薇不也是周国的草木吗？"伯夷和叔齐听后，绝食而死，这就是著名的"女惊采薇"的故事。

薇，就是野豌豆，是一种多年生草本植物，也称"蔷薇"。不过，它和我们今天看到的观赏植物蔷薇花可不是一回事。它是一种落叶小乔木，枝叶藤藤蔓蔓，茎上多刺，开红色、黄色或白色的小花。它的花朵并不起眼，花落后会结出豆荚一样的果实，就像我们今天常吃的豌豆，不过比我们吃的豌豆要小一些。豆荚里面一般有5至6粒种子。

野豌豆可以吃，据说味道还不错呢！所以伯夷和叔齐才靠采食野豌豆活了下来。

不只果实可以吃，野豌豆的嫩茎和叶都可以当作蔬菜来食用。《食物本草》把野豌豆归为"柔滑类菜谱"，称之为"巢菜"，这说明它的茎叶作为蔬菜甚至比它的果实应用得更为普遍。不过等茎和叶变老了，就会变得又硬又涩，难以下咽了。也许这种"巢菜"的味道并不好，因此在古代，它主要是作为穷人家的食物，有钱人家才不会吃它呢！

在饥荒年代，野豌豆又当菜又当饭，为贫苦百姓的"菜篮子工程"做出了巨大的贡献。

• 博物

分类

植物界—被子植物门—双子叶植物纲—蔷薇目—豆科

原文

登华盖兮乘阳，聊逍遥兮摇光。

抽库娄①兮酌醴②，援③爮瓜④兮接粮。

——王褒《九怀·思忠》

① 库娄：星宿名。
② 醴：lǐ，酒。
③ 援：拿起。
④ 爮瓜：páo guā，即匏瓜，苦葫芦。这里指爮瓜星。

赏析

　　登上华盖星来到天顶，暂且逍遥在北斗群星之中。举起"库娄"斟满甘美的酒浆，端着"爮瓜"承接食粮。

　　诗人仕途坎坷，郁郁不得志，想象自己登着北斗七星来到天顶，得到片刻的逍遥，心情也得到放松；想象自己以星斗为樽，以星斗为器，这份潇洒、自在、大气顿时跃然纸上。

在中国的婚嫁文化中，新婚夫妇要行"合卺之礼"，也就是喝交杯酒。而喝酒的容器很有趣，不用杯，不用盏，而是用"卺"，把卺一剖为二，柄相连，用它盛酒，夫妇共饮，喝完再把它合在一起，表示从此成为一体。"合卺"这个名字由此而来。

那么"卺"是什么呢？卺就是一种葫芦，也是我们今天要说到的瓝瓜，即匏瓜，是一种梨形的葫芦，没准你还见过它呢！

匏瓜，也叫苦葫芦，属一年生草本植物，果实比葫芦大，老熟后可剖制成器具，最常见的是用它一剖两半，做成瓢。我们民间有句谚语，叫"照葫芦画瓢"，就是从这儿来的。

匏瓜和葫芦同属，是葫芦的变种。由于成熟的匏瓜果实对半剖开后可以做水瓢使用，所以很多地区专门也叫它"瓢葫芦"。

"瓢葫芦"可不只能做成瓢，还是一种又好吃又营养的蔬菜呢！匏瓜富含蛋白质、糖类、维生素及钙、磷、铁等矿物质，营养丰富，适量食用可以强筋健骨、保护牙齿，对幼童及青少年的发育，很有帮助。

除了食用外，匏瓜还可药用。中医记载：匏瓜果味甘甜、性凉，入肺、脾、肾经，具清热、利尿、解暑、除烦、止渴等功效。

匏瓜是棚架式种植的蔬菜，既可食用，又可遮阳纳凉、美化庭院，是农村家庭的最爱。时至今日，匏瓜在农村依然被普遍种植。

● **博物**

分类

植物界—被子植物门—双子叶植物纲—葫芦科

原文 · 和酸若苦，陈吴羹些。
濡鳖①炮羔，有柘②浆些。

——宋玉《招魂》

① 濡鳖：ér biē，菜肴名。
② 柘：zhè，甘蔗。

赏析 · 　　调和好酸味和苦味，端上来有名的吴国羹汤。清炖甲鱼火烤羊羔，再蘸上新鲜的甘蔗糖浆。
　　《招魂》所作的目的是将魂魄招回闾里故园，所以宋玉在前面描写了天地四方的险恶和可怕，到这里笔锋一转，开始描写故园闾里的舒适恬静，风景如画，美食当前，极尽美好。

如果有人递上一根棍子让你啃，你会怎么样？大发雷霆？

别别别……别生气，没准是一根甘蔗呢！

甘蔗是一种高大的多年生草本植物，原产于热带亚热带地区，在南方地区广泛种植。它的茎非常粗壮发达，直径能达到2至5厘米，高度可以达到3至5米，分成一节一节的，模样有点儿像竹子，但颜色与竹子不同，那味道更是千差万别了。甘蔗的叶子又长又大，长在茎上包住茎节。

甘蔗的种类很多，有青蔗、白蔗、红蔗等，我们今天看到的甘蔗颜色大多是深紫色或绿色的。不过无论是哪一个品种，都有一个共同的特点，那就是甜。

甘蔗甘甜多汁，榨出的汁水不但可以作为天然美味的饮料，更是制糖的重要原料。人们把甘蔗榨出浆汁，放在锅里熬煮，做成最原始的红糖，然后再经过提炼，制造出白糖、冰糖、砂糖等糖类产品。另外，甘蔗还可以用于提炼乙醇。

《楚辞》是我国最早记载甘蔗的古籍，而在这之前的古籍却从未提到过甘蔗这种植物。据史料记载，我们现在吃到的这种紫皮甘蔗是汉代以后才引进的，所以屈原在《楚辞》中提到的甘蔗可能是甘蔗中的一些老品种。

甘蔗汁里含有对人体有益的各种维生素，现在看来，我们的古人还是非常养生的，这种天然饮料也推荐给小朋友们饮用哦！

• 博物

分类

植物界—被子植物门—单子叶植物纲—禾本目—禾本科

原文 稻粢①穱②麦，挐③黄粱些。
大苦咸④酸，辛甘行些。

——宋玉《招魂》

① 粢：zī，古代供祭祀的谷物。
② 穱：jiǎo，小麦。
③ 挐：nú，掺杂。
④ 咸：味咸。

赏析 有大米小米，也有新麦，还掺杂香美的黄粱。苦的与咸的、酸的有滋有味，辣的、甜的也都用上。

　　这里宋玉描写了闾里故园丰盛的食物，五谷丰盈，滋味俱全，把美食表现得淋漓尽致。

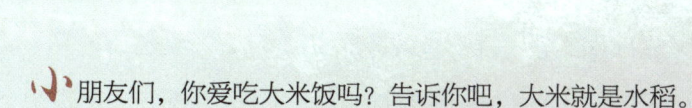

小朋友们，你爱吃大米饭吗？告诉你吧，大米就是水稻。

水稻是人类最重要的粮食作物，据调查显示，全世界约三分之一的人口食用水稻。水稻的栽培在我国有着悠久的历史，中国长江流域就种植水稻了，是世界上最早种植水稻的国家。

在《史记》中就详细记载了大禹时期曾普遍种植水稻的事情，大禹命令伯益给大家分发水稻种子，种在水田里。这是中国最早的关于水稻种植的史料记录。水稻是一年生禾本植物。顾名思义，水稻，当然生长在水田里啦！水稻刚刚生长出来的时候和杂草非常像，那么怎么区分呢？看看"舌头"和"耳朵"就看出来啦！水稻在叶片与叶鞘连接处的腹面有膜状的凸出物，叫作"叶舌"；在叶舌旁边有一对从叶片基部边缘生长出来的像耳朵状的凸出物，叫"叶耳"，而杂草却什么都没有。

水稻茎秆直立，花序呈圆锥形，一株稻穗大约能开出200至300朵稻花，稻田开花时，会弥漫着一股清香。辛弃疾就曾写下"稻花香里说丰年，听取蛙声一片"的千古名句。稻花脱落后会结出稻谷，稻谷脱去颖壳后就成了糙米，糙米再经过去皮加工，碾去米糠层，就成了我们今天餐桌上的大米啦！水稻生长很快，生长期短，因此一年可以种三季稻，甚至四季稻。科学家还在不断地研发新品种，提高水稻的产量。我国的科学家袁隆平院士被誉为"杂交水稻之父"，极大地提高了水稻的产量，为世界水稻的科研工作做出了巨大的贡献。

• 博物

分类

植物界—被子植物门—单子叶植物纲—禾本目—禾本科

原文 ● 稻粢穱麦，挐黄粱些。

大苦咸酸，辛甘行些。

——宋玉《招魂》

赏析 ● 　　有大米小米，也有新麦，还掺杂香美的黄粱。苦的与咸的、酸的有滋有味，辣的、甜的也都用上。

　　这里宋玉描写了闾里故园丰盛的食物，五谷丰盈，滋味俱全，把美食表现得淋漓尽致。

　　（此部分同草部中的"稻"）

说起黄粱，就不能不提到一个著名的成语——黄粱一梦。

相传，有位书生进京赶考落榜，途径邯郸，在客栈遇见一位道士，在道士的点拨下枕一个瓷枕入睡，梦中梦到自己度过了繁荣的一生。醒来才发现原来是一场梦，而店主人蒸的黄粱饭还在锅里。这里的黄粱就是我们常常吃到的一种食物——黄粱米。

黄粱，听到这个名字你可能觉得会有一点儿陌生，那么金黄金黄的炸年糕和黏豆包你一定吃过吧？年糕和黏豆包就是用黄粱米做成的。

黄粱，也叫黄米，是一年生草本植物。它是一种原产于我国北方的粟米，多分布在我国东北地区，是古代黄河流域分布最广泛，也是最重要的粮食作物之一。它长什么样子呢？黄粱的高度和谷子差不多，茎秆直立，叶子又细又长，像宝剑一样。随着黄粱慢慢长大成熟，茎秆的顶端长出排列成圆锥一样的花序，花落后结成果实。这时候，它的茎秆就不再是直立的了，因为沉甸甸的谷穗会低下头去，把茎秆压弯了腰。你可别小看这一簇簇的谷穗，每支穗上能结三千到一万粒黄粱米呢！

黄粱米看起来很像小米，但和小米属于不同的农作物。它要比小米略大一些，颜色淡黄，煮过之后就会变得非常黏稠，如果你吃过年糕，你一定能感受得到，对吗？古代的先民们很早就用它来酿酒、做米饭、煮粥……黄粱米不但好吃，还可以入药，而且药用价值很高。《本草纲目》把它归脾胃二经，说它有益气、利尿、治疗呕吐的作用。黄粱米自古以来便用于祭祀，在古代有着非同寻常的地位。

● 博物

分类

植物界—被子植物门—单子叶植物纲—禾本目—禾本科

原文 醢①豚苦狗,脍苴莼②只。
吴酸蒿③蒌④,不沾薄只。

——景差《大招》

① 醢:hǎi,古代用肉、鱼等制成的酱。
② 苴莼:jū chún,一种蔬菜,梗有黏液,可以做羹。
③ 蒿:hāo。
④ 蒌:lóu。

赏析 猪肉酱和略带苦味的狗肉,再加点儿切碎的香菜茎。吴国的蒌蒿做成酸菜,吃起来不浓不淡,口味刚刚好。

景差极尽辞藻描写食物味道的美好,借此吸引楚威王魂魄赶快回到闾园故里来。

"竹外桃花三两枝，春江水暖鸭先知，蒌蒿满地芦芽短，正是河豚欲上时。"苏轼的《惠崇春江晚景》描写了春江的美景，竹林外两三枝桃花初放，鸭子在水中游戏，它们最先觉察了初春江水的回暖。河滩上已满是蒌蒿，芦苇也开始抽芽，而河豚此时正要逆流而上。那么，蒌蒿到底是怎样的一种植物呢？

蒌蒿是一种多年生水生植物，它的地下茎粗壮发达，在土地里横走；地上茎直立中空，可达1.5米，叶片很窄，巴掌长，像艾叶一样，表面是绿色，背面覆盖着灰色绒毛，它长在低海拔地区的田埂的路边和沟边，是一种传统时令野菜。我国古代的《诗经》《尔雅》中就有食用蒌蒿的记载。

蒌蒿于农历二月发芽，这时，人们便开始忙活着用它来制作美食了。蒌蒿的幼苗可以蒸着吃、做汤吃、拌着吃，它的地下茎也是美味，可以用盐腌制晒干，储存起来可以吃好久呢！在食物品种匮乏的古代，蒌蒿算得上是人间美味啦！

蒌蒿的得名也很有趣。在古代，蒌蒿被叫作"蔏"，蔏就是古代计时器具"滴漏"上的刻箭。原因是蒌蒿又直又高，随着它的生长，就像滴漏上的刻箭逐渐露出水面，后来才被叫作"蒌蒿"。

蒌蒿的得名还有另外一个解释，蒌就是"楼"，蒿也就是"高"，蒌蒿嘛，意思就是说蒌蒿的个头儿很高，像楼一样高。不过，像楼房一样高的蒌蒿可就不能吃了，只能用来烧火啦！

• 博物

分类

植物界—被子植物门—双子叶植物纲—桔梗目—菊科

原文 索藑茅[①]以筳篿[②]兮,命灵氛为余占之。

曰:"两美其必合兮,孰[③]信修而慕之?

思九州之博大兮,岂惟是其有女?"

——屈原《离骚·第十一章》

① 藑茅:qióng máo,古人占卜用的一种草。
② 筳篿:tíng tuán,古代占卜用具,一种小竹片。
③ 孰:谁。

赏析 找来了旋花和细竹片,请神巫灵氛为我占卜。卦上说:"美好的东西一定会相合,哪个真正美好的人不招人爱慕?九州方圆那么大,难道只有这里才有美好的女子吗?"

这两句借占卜之辞,道出了屈原的心声,自己满腹才华,芳香自爱,何不离开这个混浊的世道,归隐山林呢?

在野外，我们常常看到一种小花，它们的茎又细又长，成片成片地缠绕在旁边的树木上，或铺在野地里，开着红的蓝的紫的像小喇叭一样的小花，你看到它们是不是也感觉非常面熟呢？

这种植物就叫旋花，早在《楚辞》中就提到过它。不过在《楚辞》中，它有另外一个时髦的名字，叫"葍茅"。

旋花是一种多年生草本植物，是我国最常见的植物之一，它的适应能力超强，身影遍布我国大江南北。它的茎上有细细的棱，叶子是分成三裂；花朵开放的时候就像一个小喇叭，又像一个碗，所以人们干脆叫它"打破碗花"。

为什么叫作打破碗花呢？这个原因没有史料可考，但在农村，经常会听到老人警告小孩子不能摘这种花，摘了就容易把家里的碗打破。这也算是我们古人最纯朴的"爱护花草"的宣传语了吧！

我们只知道旋花好看，恐怕还不知道旋花的实用价值其实更高。旋花和甘薯同属一科，像地瓜一样有块状茎，不过大小远远比地瓜要小。在灾荒年代，人们常常把它的块茎挖出来，洗净晒干当干粮吃。虽然味道不是太好，但在嚼草根、啃树皮的年代，旋花的根茎已经算是美味了。

旋花虽然现在处处可见，蔓生在野草堆里，但在楚辞中，它的地位可不低呢！根据《楚辞》中的描述，旋花是一种用于占卜的植物，地位尊贵，可不是一般植物能比的呢！

• **博物**

分类

植物界—被子植物门—双子叶植物纲—管状花目—旋花科

原文 芙蓉始发，杂芰荷些。
紫茎屏风①，文缘波些。

——宋玉《招魂》

① 屏风：一种水生植物。

赏析 　　荷花刚刚开始绽放，生长在茁壮的荷叶之间。紫茎的莼菜铺满水面，水面上绿波荡漾。
　　这两句辞描写了闾里故园风景的美好，荷花初放，水面荡起绿波，多么让人轻松和惬意啊！

《周礼》中记载了两种重要的用于祭祀的植物，一种是我们常吃的韭菜，另一种就是我们今天要说到的屏风，即莼菜。

莼菜，又叫水葵，听这个名字，你就知道它是生活在水边的，对吗？

莼菜是一种多年生水生植物，它的叶子是椭圆形或矩圆形。模样有点儿像荷叶，只是大小要比荷叶小得多，大概只有5至10厘米，比你的手掌大不了多少。莼菜的叶片是深绿色的，背面是蓝绿色，长着一根长长的秆，大约25至40厘米，颜色是深绿色或紫色的。莼菜也开花，但花朵并不显眼，颜色是暗紫色的，只有一角硬币那么大，不太引人注目。莼菜的药用价值很高，可以清热、利尿、消肿、解毒。鲜嫩的莼菜表面总有黏糊糊的透明的黏液，这些黏液富含丰富的膳食纤维和黏液质，能够抑制细菌生长和繁殖，还可以降火、除烦、清肠热。

虽然模样不起眼，但莼菜的美味驰名中外。莼菜自古以来就是美食，人们会在春季和夏季采集它的嫩叶和茎做成羹汤。嫩、滑、爽口，风味独特，还含有多种人体所需的营养。不过，莼菜不好保存，从水中捞上来，不久就会变色、变味，再也不能食用了。因此，人们把它采集下来，放到食用醋酸里面浸泡起来，再包装起来。所以，我们现在买到的成品莼菜大多是浸泡在食用醋酸里的，要洗净上面的醋酸才能食用哦！

苏州的"千里莼羹"是驰名中外的一道名菜。如果有机会去苏州，一定要亲口尝一尝呀！

博物

分类

植物界—被子植物门—双子叶植物纲—毛茛目—睡莲科

木

MU BU

部

原文 • 委厥美以从俗兮，苟得列乎众芳。

椒①专佞②以慢慆③兮，樧④又欲充夫佩帏⑤。

——屈原《离骚·第十一章》

① 椒：jiāo，香木，比喻贤才。
② 专佞：zhuān nìng，专横、谄媚。
③ 慢慆：màn tāo，傲慢、放肆。
④ 樧：shā，茱萸。
⑤ 佩帏：pèi wéi，佩戴的香囊。

赏析 • 　　兰草抛弃了自己的美好品格而随波逐流，才勉强挤进了香草的行列。花椒专横、谄媚，十分傲慢，食茱萸想混进人们佩戴的香囊里冒充香草。

　　兰花、食茱萸、花椒，在《离骚》里本来都属于香木，这几句却一反常态，批评它们为了名利而钻营，更加反衬出自己固守内心的美好，不随波逐流的坚定不移的心志。

除了花椒以外，还有一种树木和花椒同属芸香科，它的果实也能用作调味料，这种植物在古代称为"樧"，在《楚辞》中与花椒并称为"香木"，它就是古人特别钟爱的——食茱萸。

其实食茱萸和花椒的确是"亲哥俩"，它们同属芸香科，同样全株都有香味，它们的果实同样都能作为调料，而且味道还很接近。

食茱萸为芸香科落叶乔木，具有特殊香味。它的叶片为羽状互生叶片，小叶片为披针形，上面密布透明油腺，有芳香味。它的幼叶常呈红色，故名"红刺楤"。很多凤蝶幼虫也喜爱吃食茱萸的叶子，为诱蝶植物。食药两用，药用有温中、燥湿、杀虫、止痛的功效，食用一般为调味品。

食茱萸的嫩枝密布锐利的尖刺，老干上也长满了瘤状尖刺，连鸟儿也不敢在上面栖息，因此有"鸟不踏"之称。但奇怪的是，即使浑身是刺，它依然备受古人的青睐。要知道，古人对于带刺的植物一贯都是很排斥的。食茱萸究竟为什么有这么大的魅力呢？

因为在古代，鱼肉是富贵人家的标配，可是那时调味料的品种非常有限，要去除鱼肉的腥臊之气，就要借助调味料的帮助。而食茱萸正是这样一种调味品。古人不仅用它来煮汤，还用它来腌制成果品赠送给亲友，可见在古代它是一种多么受欢迎的食物了。

古人认为有香味的东西可以辟邪，所以重阳登高有插茱萸的传统，他们还会佩戴茱萸香囊，把茱萸悬挂在屋里，据说这样就可以驱邪去瘴气。

博物

分类

植物界—被子植物门—双子叶植物纲—无患子目—芸香科

原文 ● 闵①空宇之孤子兮，哀枯杨之冤雏②。
孤雌吟于高墉③兮，鸣鸠栖于桑榆。

——刘向《九叹·怨思》

①闵：同"悯"，可怜。
②雏：chú，幼小的鸟。
③墉：yōng，高墙。

赏析 ● 可怜独居空室的孤儿啊，哀伤的小鸟栖息在老树枯杨。失伴的雌鸟在高墙上悲啼啊，鸠鸟在桑树上声声鸣唱。

　　此时刘向被发配，心情郁闷忧愁，又充满了怨恨。他坐在窗前，回望故乡，却再也回不去了。想到家中的妻儿，心中的痛苦更是无以复加，因此在他的眼中，鸟儿也变成了孤儿，变成了失伴的雌鸟，在树上哀鸣。

066

中国种植桑树的历史由来已久，《嫘祖养蚕》是古老的民间故事，在殷墟甲骨文中，就已经出现了"桑"这个字，可见其在当时的重要地位。

桑还是《诗经》中出现次数最多的植物呢，桑树这样受到喜爱是有原因的，它是我国古代最重要的经济作物。它的果实桑葚可以吃，树皮可以入药，树干可以做木器，最重要的是桑叶可以用于养蚕，蚕吐出的丝可以织成布，做成衣服，那可是当时人们最重要的衣服来源。在当时自给自足的小农经济时代，这样的"多面手"是最受欢迎的了。

因此，古时候的政府对种桑养蚕非常重视，西汉时期曾经颁布诏书：以农桑耕织为本。将桑和农放在同等重要的位置。《礼记》中有"季春之月不得砍伐桑树"的说法。

桑树原产于我国北部，属于落叶乔木，高可达15米。它的叶子又胖又圆，叶端是尖的，有点儿像桃心，边缘有粗锯齿，刚结出的果实是绿色的，等它慢慢成熟就会变成红色，等到完全熟透就会变成黑紫色，就像一颗颗黑色的宝石挂在枝头，甜美多汁。采下一颗放到嘴里，酸酸甜甜，味道真的不错哦！

桑葚不仅可以食用，而且药用价值也很高，可以安神补肾，健脾胃，助消化，乌发美容，还能防癌、抗癌呢！这样全身是宝的树，在《楚辞》中当然归于"香木"啦！

• 博物

分类
植物界—被子植物门—双子叶植物纲—荨麻目—桑科

原文 捣①木兰②以矫蕙兮，凿申椒以为粮。

播江离与滋菊兮，愿春日以为糗③芳。

——屈原《九章·惜诵》

①捣：dǎo，同"捣"。
②木兰：玉兰。
③糗：qiǔ，干粮。

赏析 捣碎木兰，揉碎蕙草啊，舂碎申椒，把它们掺在一起做成干粮。再播种下江离栽上菊花啊，待到春天做成芬芳的点心。

屈原忠心楚国却被小人所害而遭到贬谪，想要归隐却又顾虑和怀王之间的君臣之谊，然而最终被世俗的险恶所淹没，心灰意冷，决定归隐山林。这两句就表明了他归隐的决心。

玉兰是我国著名的早春花木，它树形优美，花朵艳丽，香气宜人，在中国有2500年左右的栽培历史，为庭园中名贵的观赏树。自古以来就是布置宫廷绿化必不可少的景观树，深受皇家贵族和文人雅士的喜爱。

古往今来，赞美玉兰的诗词歌赋数不胜数，而最早提及玉兰的诗词当属屈原的《离骚》。《离骚》中曾多次提到玉兰，"擥木兰以矫蕙兮，繄申椒以为粮""朝搴阰之木兰兮，夕揽洲之宿莽""朝饮木兰之坠露兮，夕餐秋菊之落英"……至今仍然让人回味无穷。

玉兰是一种高大的落叶乔木，为先开花，后长叶儿的植物，正是因为它开花时没有叶，所以又被称为"木花树"。每当春天来临，乍暖还寒的时候，玉兰总是早早地吐露芬芳，因此，木兰在南方有"迎春花"的美誉。玉兰的花朵优雅大气，气味芬芳，像莲花一样圣洁，引来一拨又一拨的游人驻足观看。不过，玉兰的花期很短，一般只有10天左右，所以如果你听说木兰开花了，要抓紧时间去欣赏哟！要是拖上几天，怕是"花儿就都谢了"。玉兰木质优良，纹理直、结构细，被广泛用于家具和木工艺品的制作，是古代做船所需的上好材料。所以，在古诗词中，常常出现一个词叫"兰舟"，说的就是用木兰做成的船。比如《雨霖铃》中写到的"都门帐饮无绪，留恋处，兰舟催发"。

玉兰还是一种"佛家花"，是寺庙中的常见树种，早在唐宋时期就被广泛种植于庙宇之中。

博物

分类

植物界—被子植物门—双子叶植物纲—毛茛目—木兰科

原文 • 惟佳人之独怀兮，折芳椒以自处。
曾歔欷①之嗟嗟兮，独隐伏而思虑。

——屈原《九章·悲回风》

① 歔欷：xū xī，哭泣时哽咽，一说嗟叹。

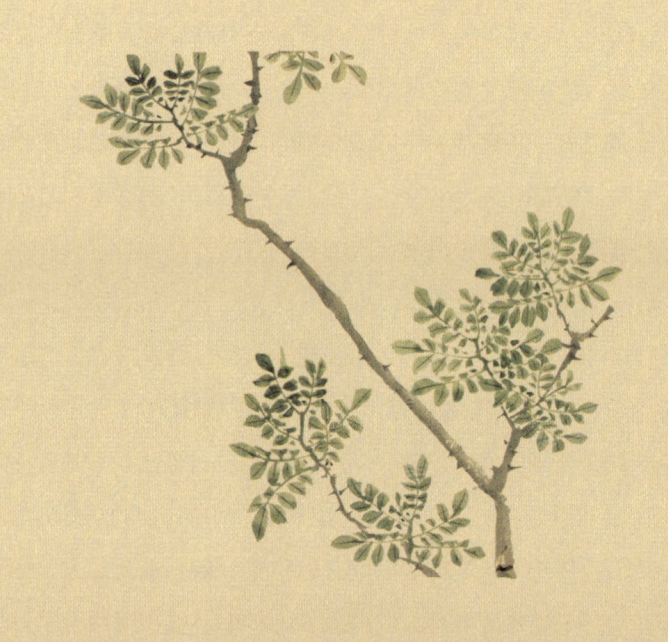

赏析 • 　　想起我孤独幽怨的情怀啊，只好折枝杜若和椒枝独守在这里。我止不住地一次次长吁短叹啊，人虽隐居荒野，可心头的思虑难息。
　　这首诗是屈原沉江之前写下的，直接抒发了自己忧郁愤懑的情感，折杜若和花椒以自处，表现了他决不屈于世俗而独守高洁的决心，"隐伏而思虑"则表现了屈原虽身在山野依然牵挂朝堂的忠心。

老百姓做饭的时候常说的一句顺口溜叫："若要香，花椒姜。"意思是想要做的饭味道好，就要放花椒和姜来调味。

花椒又名大椒、秦椒、蜀椒，是芸香科的一种，属于落叶小乔木，高3至7米，全株带有香味，我们平时吃的作为调味品的花椒就是它的果实。但采集花椒并不是一件容易的事，因为花椒的枝上布满尖刺，徒手采集非常容易被刺伤。

花椒是一种重要的食品调味料，但在古代，它可不只是调味料这么简单，它的用途可不少。花椒的种子用来泡酒，可以辟邪驱毒，花椒叶子可以用来煮茶，花椒用作中药还可以温中理气，最重要的是，将花椒打成粉，可以用来泥墙。是的，你没有听错，就是泥墙！

过去的皇宫里，有"椒房"一说。用花椒和泥混合涂墙，再进行装饰。这听起来很奇怪，对吧？这是因为花椒可以驱寒通络，用花椒末涂墙可以让屋里有一种暖暖的芳香之气，进而改善女人虚冷的体质，与现在的汗蒸房是一样的原理。所以，古代的皇帝宠爱妃子，常常会赏赐她住进椒房，这对皇宫里的妃子来说是莫大的荣誉。不过，这听起来也有点儿太过奢侈了，那么多的花椒面儿，能调多少饺子馅啊！不仅如此，花椒的寓意也很吉祥。因为花椒结子又多又香，果实累累，所以古人多用它表达子孙满堂的美好寓意，汉代更是直接把皇后的住所称为"椒房"。

花椒在《楚辞》中曾被多次提到，并被归于"香木"的范畴，也算是实至名归了。

博物

分类

植物界—种子植物门—双子叶植物纲—芸香目—芸香科

原文 • 山中人兮芳杜若，饮石泉兮荫松柏。
君思我兮然疑作。

——屈原《九歌·山鬼》

赏析 • 　　山中的人儿纯真得像那杜若花，在山间啜饮清泉，伫立于松柏下等待着。你真的想念我吗？是真还是假？

　　作者用第一人称写出了山中精灵对心上人的期盼，自己是山中精灵，饮山间清泉，居于松柏林中，如杜若一样纯净，殷殷期盼着与心上人见面。可心上人久等不来，少女忍不住心生疑问：他说思恋我是真还是假呢？

古人对于松树有一种特殊的情感。

隆冬季节，草木凋零，只有青松坚韧挺拔，苍翠依旧。所以古人说："岁寒，然后知松柏之后凋也。"

古人爱松树，爱它的清高，爱它的挺拔苍翠，卓尔不群。古往今来，涌现了大量以松为题材的诗词歌赋，有"松下问童子，言师采药去"，有"泠泠七弦上，坐听松风寒"……而松树更被尊为"岁寒三友"之首，古人对松树的欣赏可见一斑。

松树是一种常绿乔木，树枝为轮状分枝，节间长，小细针叶细长成束，不太紧凑，整个树冠看起来比较蓬松，据说松树的名字就是从这儿来的。那么，松树为什么经冬常绿呢？这就要归功于它像针一样的叶子啦！松树的叶子就是那些松针，它又细又小，上面布满了蜡质，所以即使在寒冷的冬季，它也不会流失大量的水分和热量。松树是一种常绿树种，但这并不表示它不会落叶，冬天松针也会脱落，但与此同时，新的叶子也不断地生长出来，所以松树能够四季常青。

松树生命力顽强，适应力强，而且寿命特别长，因此，自古以来就代表着长寿。比如人们在给老人祝寿时经常说："福如东海长流水，寿比南山不老松。"松树的经济价值也很高，松木可以用来雕刻和制作各种器具，有很高的观赏价值；松树适应能力强，耐干旱，是我国开荒造林的主要树种；松树还是我国许多风景区的重要景观树，尤其是黄山奇松，是黄山四绝之首呢！

博物

分类

植物界—裸子植物门—松柏纲—松柏目—松科

073

原文 • 孰知其不合兮？若竹柏之异心。
往者不可及兮，来者不可待。

——东方朔《七谏·初放》

赏析 • 谁知道我与君王不同道，就像那实心的柏木和竹子一样不可能同心。从前的贤君早已作古无法追及，未来的明君我也等不来了。

这两句是东方朔描写屈原被放逐后悲愤的心情。屈原本来一心报国，无奈楚王是个庸君，和屈原根本不是一条心，屈原报国无门，因遇不到明主而满腔愤懑。

和松树一样，柏树也经冬不凋，自古以来柏树一直被视为忠贞的象征。

柏树是一种高大的常绿乔木，高度可达20米。小枝细长下垂，绿色；较老的小枝是圆柱形，暗褐紫色，长得玉树临风。

柏木不但长得美，而且体香清幽。如果你经过成片的柏树林，一定可以闻到柏木散发出来的芳香，这种香味的主要构成成分是松萜和柠檬萜。这种成分不仅可以让人神清气爽，而且还能消毒杀菌，放松心情呢！所以，如果你心情不好，不妨去柏树林走一走吧！柏树生长缓慢，但是寿命很长。据说黄帝陵四周的古柏就是轩辕黄帝亲手栽种的，至今已经有2000多年的历史了，是名副其实的"老寿星"。柏树不仅品质高洁，还有极高的实用价值。柏木木材坚韧细腻，并且耐水，不容易变形，所以自古以来就是北方重要的建筑材料之一，被广泛用于建造建筑、桥梁，制作车船、家具等。不过它的生长太缓慢了，所以非常珍贵。柏树的种子和叶子都能入药，可以安神养心，有极高的药用价值，直到今天还被广泛地应用着。因此《楚辞》中将松柏放在一起，并称为香木。

现在，喜欢柏木的人越来越多，他们把柏木做成家具、笔筒，雕刻成各种工艺品。不过，人们对柏木的偏爱对柏树来说并不是一件好事，由于过度采伐，柏树生长又缓慢，野生的柏树已经越来越少了。

博物

分类

植物界—裸子植物门—松柏纲—松柏目—柏科

原文 甘棠枯于丰草兮,藜①棘树于中庭。
西施斥于北宫兮,仳傀②倚于弥楹③。

——刘向《九叹·思古》

① 藜：lí，草本植物。
② 仳傀：pǐ suī，古代一个丑女的名字。
③ 楹：yíng，厅堂前部的柱子，借指厅堂。

赏析 甘棠枯死在野草丛中啊,蒺藜、荆棘却种满庭院。美女西施被贬出宫啊,丑妇仳傀反侍立堂前。

刘向通过两句强烈的对比表现出忠臣被排挤、奸臣被重用的世道,抨击当政者是非不分、黑白混淆,重用奸臣,疏远贤臣。

甘棠是古代常见的野果，它只有海棠果大小，所以又叫甘棠（即棠梨）。

　　甘棠是一种高大的落叶乔木，高可达十米，树皮灰褐色，果实其实就是一种野梨，所以它的花和梨花几乎一模一样。甘棠于二月开花，开花时朵朵梨花绽放，满树飘香。秋后，树上的果实渐渐成熟了，海棠大小的小果子，一簇簇地挂在枝头，非常好看。

　　这些果子小小的、圆圆的，呈浅褐色，表面长着一些浅色小斑点，看起来十分诱人。不过，千万不要被它的表面所蒙蔽，因为如果这时候你爬到树上，摘下一把果子放进嘴里嚼一嚼，你的舌头肯定涩得伸不出来，也许你还会说上一句："呸，真难吃！"

　　不过等到深秋经了霜以后，情况就大不一样了。这时候，这些小果子一个个都变成了黑褐色，模样看起来丑丑的，不过不要以为它们变质了，这时候的味道才是最好的。小鸟们知道它好吃，早就叽叽喳喳飞满枝头，等待这场盛宴了。

　　甘棠看似不起眼，但名气不小。相传周朝辅佐太子的大臣召公曾种下一棵甘棠树，《诗经》有云："蔽芾甘棠，勿翦勿伐，召伯所茇。"意思是郁郁葱葱的甘棠树啊，你一定要细细养护，不要砍伐它，因为这是召公的住所啊。从那以后，甘棠名声大噪，许多文人墨客便借甘棠来抒发自己的情怀，褒扬仁政。

博物

分类

植物界—被子植物门—双子叶植物纲—蔷薇目—蔷薇科

原文 ● 鹄①窜兮枳②棘③，鹈④集兮帷幄。
蒺⑤藜⑥兮青葱，藁本兮萎落。

——王逸《九思·悯上》

① 鹄：hú，天鹅。
② 枳：芸香科，枳属小乔木。
③ 棘：酸枣树。
④ 鹈：tí，鹈鹕，一种水鸟。
⑤ 蒺：jì，野草。
⑥ 藜：rú，野草。

赏析 ● 　　天鹅放逐枳棘林，鹈鹕聚集帷幄中。野草鬼麦色青葱，香草藁本都凋零。
　　这几句诗通过对比，真实地反映出当时的世道，众多小人喜欢溜须拍马，敢于直言进谏的贤士反而落得形单影只。而国君亲小人，远贤臣，正像是把天鹅驱赶进荆棘丛，把鹈鹕养在帷幄之中一样。

你一定吃过酸枣吧！在野外，特别是山区，酸枣是一种随处可见的小野果。它的味道酸酸甜甜，很受人们的欢迎。

不过在古代文人墨客的眼中，这种野果却不怎么讨人喜欢，在古代，人们管它叫"棘"。比如，在《楚辞》中曾多次提到过它，并且把它归于恶木，这是为什么呢？难道古人不喜欢吃酸枣？

原因很简单，它浑身都是刺！

酸枣是一种落叶灌木，是枣的变种。它的小枝间节很短，呈"之"字形弯曲，枝上布满发达的尖刺。它的叶子很像枣树的叶子，厚厚的，长1到2厘米，长卵形，表面有蜡质，非常光滑，好像涂了一层油一样。

酸枣树夏天开花，花期很长，可作为蜜源植物，小蜜蜂可不怕被扎到！夏末秋初，酸枣树上便会结出一个个绿色的小酸枣。不过这时候的酸枣还很酸，你可不要贪嘴哟！等到秋初，酸枣成熟的时候，它的颜色就变成了暗红色，这时的酸枣口感最好了。这样的美味千万不能错过，不过，采摘的时候一定要保证安全，避免被它的尖刺扎到哟！

酸枣不但好吃，营养价值也很高，富含多种营养元素，可以养肝宁神，好处多多。现在人们大量采集野生酸枣，制成美味的酸枣片、酸酸甜甜的酸枣汁，还用它酿成酸枣酒，味道可口，深受人们的喜爱。就连酸枣核也要好好利用哟！酸枣仁药用价值也很高，是一种著名的中药材，可以"安五脏，轻身延年"。这样看来，酸枣被归于恶木，真是委屈它了。

● **博物**

分类
植物界—被子植物门—双子叶植物纲—鼠李目—鼠李科

原文 • 斩伐橘柚兮，列树苦桃。
便娟之修竹兮，寄生乎江潭。

——东方朔《七谏·初放》

苦桃

赏析 • 橘树和柚树都被砍伐啊，却一排排地栽植苦桃。可叹那修美的翠竹啊，却只能在江边寄生。

东方朔用修美的翠竹和美好的橘树柚树比喻屈原，用翠竹和橘树遭到砍伐来指代屈原一片忠贞反而遭到贬谪的遭遇，也借此表达自己怀才不遇，不被重用的失落和愤懑。

（此部分同草部中的"竹"）

"人间四月芳菲尽，山寺桃花始盛开。长恨春归无觅处，不知转入此中来。"《大林寺桃花》描写的就是大林寺桃花盛开的美景。也许你要说，桃花开败了也不需要伤感嘛，因为很快就有美味的桃子吃了，对不对？

桃花开败了，肯定是要结桃子的，但可惜的是，"此桃非彼桃"，这里的"桃"和我们平时吃的桃味道相差太远了。我们现在吃的桃子都是改良嫁接后的品种，而那时的桃树都是野生的"苦桃"。

苦桃，就是野生的桃树。它是一种落叶小乔木，树皮是暗红紫色的，富有光泽；叶片细长；早春开花，花朵鲜艳美丽，有"桃之夭夭，灼灼其华"的美誉。在古代有极高的观赏价值，深受人们的喜爱。

但野生的山桃苦涩难咽，因为上面覆盖了一层厚厚的毛，又被称为毛桃。毛桃味道很苦，无法直接食用，但是加工后可以制成果干，还可以用来酿酒。在食物品种匮乏的古代，也是很受欢迎的。

古时候，民间相信桃木可以驱鬼辟邪，所以人们经常用桃木制作出各种"辟邪神器"，如桃木梳、桃木剑、桃木吊坠来驱鬼辟邪。时至今日，人们依然非常喜欢桃木，并用它来制作家用器具、手杖、砧板和各种工艺品等。值得一提的是，桃核也是天然的串珠材料，可以做成手串或念珠。

• 博物

分类

植物界—被子植物门—双子叶植物纲—蔷薇目—蔷薇科

原文

皋^①兰被径^②兮，斯路渐。
湛湛^③江水兮，上有枫^④。

——宋玉《招魂》

① 皋：gāo，水边的高地。
② 径：jìng，小路。
③ 湛湛：zhàn zhàn，清明澄澈的样子。
④ 枫：枫树。

赏析

　　水边的兰草长满小路，这条道已经荒芜了。只有清澈的江水依然流淌，岸上成片的枫树林依旧迎风飒飒。

　　在《招魂》的这段中，宋玉回忆了与楚王狩猎的场景，然而时光流逝，物是人非，如今道路已经荒芜，极目远眺，只有成片的枫树。充满春愁的心低落伤感，宋玉呼唤魂魄回来，为当今的楚地而哀叹！

枫树是一种很特别的树，在古代具有特殊的地位。巫师常常用它来通神驱邪，古代的文人墨客，对枫树也是非常喜爱的，如杜牧就曾经写下"停车坐爱枫林晚，霜叶红于二月花"的千古佳句。

枫树是一种高大的落叶乔木，高达30米，树皮灰褐色。春夏之时，枫树都是默默无闻的，看起来和其他普通的树种没有什么两样，但到了秋天，枫树便从众多的树种中脱颖而出，一跃成为最受欢迎的"明星"树种。当深秋来临，其他的树木都凋零，枯黄的叶子落满地的时候，枫树的树叶却变得火红一片，那一抹耀眼的红色成为秋天一道最亮丽的风景线，古往今来，引得无数游人竞相观看，为之赞叹和倾倒。那么枫叶是怎么变红的呢？

那是因为枫叶中不但含有叶绿素，更有胡萝卜素和花青素。夏天，叶绿素占据主要地位，因此它的叶子就呈现绿色。而到了秋天，随着天气转冷，光合作用减弱，叶绿素越来越少，而树叶中原有的胡萝卜素和花青素渐渐占据了优势，所以枫叶就会被慢慢"染"成红色。

枫树全身都是宝，树枝可以供药用，可以解毒止血，去腐生肌；果实可以祛风除湿；枫树还可以用来做家具。枫叶的观赏价值就更不用说啦！此外，枫树还具有较强的耐火性，可以吸附有毒的气体，所以被广泛用于厂矿区的绿化。汉代以来，宫殿里常常种植枫树，甚至把它作为王室的标志。枫叶焚烧时有香味，古人还曾焚烧它做香料呢！

• 博物

分类

植物界—被子植物门—双子叶植物纲—无患子目—槭树科

原文 • 济杨舟于会稽①兮,就申胥于五湖。
见南郢②之流风兮,殒③余躬于沅湘④。

——刘向《九叹·远游》

①会稽:稽jī;会稽,山名。
②郢:yǐng,古地名。
③殒:yǔn,坠落。
④沅湘:yuán xiāng,沅水和湘水的并称。

赏析 • 　　驾起杨木轻舟行至会稽啊,请教伍子胥到了太湖。看见楚国窳败的政治和恶俗啊,我准备投入沅湘之中坚守高洁的操行。
　　刘向的这两句诗表现出屈原想象自己来到会稽,于五湖之中向沉江的伍子胥请教,决意沉江,字里行间充满了殉道者的伤感。

中国杨树栽培历史悠久,早在《诗经》中就有对杨树的描述:"东门之杨,其叶肺肺。"而时至今日,白杨树依然是我们最重要的景观树和绿化树,可以说是历史上的"常胜将军"。

白杨树原产北半球,是一种高大的落叶乔木,高达30米,白杨树的树干都是笔直笔直的,树皮呈灰绿或灰白色,直径可以达到一米,一个人都抱不过来。白杨树的表面比较光滑,仔细观察,你还会发现树上长着很多"小眼睛",这是怎么回事呢?其实这并不是白杨树树皮上的花纹,而是白杨树的枝杈掉落或被砍后愈合而留下的疤痕,随着时间的流逝,就变成了一只只的"小眼睛"。

春天,白杨树上总会挂着许多像毛毛虫一样的东西,那些就是白杨树开的花。也分雌树和雄树,雄树开的花呈暗红色,就像一条条毛毛虫挂在枝头;而雌树的花是绿色的,呈串状,由许多小球组成,随着小球越长越大,会慢慢胀开,露出许多白色絮状的绒毛,里面包裹着杨树的种子。春风一吹,这些杨絮便包裹着种子,像雪花一样漫天飞舞。韩愈的《晚春》写道:"杨花榆荚无才思,唯解漫天作雪飞。"这句就形象地描写出了这种现象。杨絮漫天是白杨树繁殖后代的一种重要方式,这些被包裹的小种子一旦落在温度合适,又有水土的地方,就会很快生根发芽,长出一株小小的杨树来。可是这漫天飞舞的杨花也给人们的生活带来了许多困扰,因此,在现代用于绿化的白杨树就只种植雄树,而不种植雌树了。

博物

分类
植物界—被子植物门—双子叶植物纲—杨柳目—杨柳科

原文 晋制犀比①,费白日些②。铿钟摇簴③,揳④梓瑟⑤些。娱酒不废⑥,沉⑦日夜些。兰膏明烛,华镫错些。

——宋玉《招魂》

① 犀比:用犀角制成的赌具。
② 些:语尾助词。
③ 簴:jù,古代挂钟的架子上的立柱。
④ 揳:弹奏。
⑤ 梓瑟:用梓木做成的瑟。
⑥ 废:停歇。
⑦ 沉:沉湎。

赏析 用晋国制的犀角赌具赌博,一天光阴就这么耗尽了。敲打钟鼓,连挂钟的架子都晃动了。拿起梓木做的瑟抚弦弹奏,饮酒娱乐一刻也不停,人们夜以继日地沉浸其中。有兰香味道的明烛和华美的灯光错落地映照着,多么繁华呀。

这段话生动地描写了郢都的豪华生活,琴瑟笙箫,人们日夜饮酒作乐。这些客观描写的背后实则是狠狠的批判。

古代经常用桑梓指代自己的故乡，桑就是桑树，那么梓呢？当然就是梓树了！古人为什么要用桑梓指代自己的故乡呢？那是因为桑树和梓树这两种树在古代几乎家家都会种植。

桑树果实可以吃，叶子可以养蚕，木材可以制作家具，实用性超强，自然是树中的佼佼者，那么梓树又有着怎样的魅力呢？

梓树是一种高大的落叶乔木，分布比较广，它的树干笔直修长，高可达20米，叶子呈阔卵形，基部心形，有柄，就像一把把小蒲扇。四五月份梓树会开出淡黄色的小花，非常雅致，花团锦簇，花香扑鼻，让人赏心悦目。树干直，树叶秀，花朵美，梓树可真算得上树中的"美男子"了。紫色的果实呈长条形，远远望去，就像一串串豆角挂在枝头。

光长得好看，这不算什么。梓树的实用价值还很高，自古以来就是重要的经济树木。梓树材质均匀细腻，特别适合雕刻，因此普遍用于雕刻建筑。因为它细腻易于雕刻的特性，古代印书时也都采用梓木来制版刻字，所以古人把刻印书籍叫作"付梓"。时至今日，这种说法依然存在。此外，梓木还广泛用于制作古琴。古人说"桐天梓地"，意思就是好的古琴要用桐木做琴身，用梓木做琴底。

不仅如此，梓树全身都可入药，具有极高的药用价值，兼具美观和实用于一身。所以古人喜欢在自己的家门口种上桑树和梓树，久而久之，桑梓就用来指代自己的故乡了。

博物

分类
植物界—被子植物门—双子叶植物纲—管状花目—紫葳科

原文　白露既下百草兮，奄^①离披此梧楸^②。
去^③白日之昭昭兮，袭^④长夜之悠悠。

——宋玉《九辩》

① 奄：yǎn，忽然。
② 梧楸：wú qiū，梧桐与楸树。
③ 去：离开。
④ 袭：因，入。

赏析　　白露降下，露水沾湿了百草啊，枯黄的树叶飘离梧桐枝头。离开明亮的白天啊，步入了黑暗的长夜之中。

　　这几句诗描写诗人背井离乡被贬谪的场景，诗人痛苦地离开楚地，目之所及都是一片萧条衰败的景象，一如自己痛苦悲凉的心境。

"梧桐树，三更雨，不道离情正苦……"古往今来，梧桐树一直是倍受文人喜爱的树种，在《唐诗》《宋词》《元曲》《诗经》《楚辞》中，都有大量关于梧桐树的诗句。

也许你要问了，梧桐树就是马路边那种高大粗壮，叶子像星星，上面挂满小球球的梧桐树吗？还真不是。

我们今天在街道两旁常常看到的梧桐，其实并不是真正的梧桐，而是法国梧桐。

梧桐，又叫青桐，是一种高大的落叶乔木，高可达16米，树形十分优美。它的叶子很大，形状呈心形。夏天开出白花，花香扑鼻，优雅名贵，让人心旷神怡，是一种重要的观赏植物。

梧桐的果实就像元宝一样，长着一对小翅膀，种子成熟后，这些"小元宝"便会随风飞上天空，找到合适的地方安家落户。

梧桐树生长很快，木材很适合制造各类乐器。相传，神农氏曾用梧桐木来制作古琴。许多有名的古琴都是用上等的梧桐木制成的。

古人非常喜爱梧桐树，常常将其种在庭院里。在中国古代的传说中，梧桐树还是凤凰的栖息之地，相传凤凰"非梧桐不栖"。所以有"栽得梧桐树，引得凤凰来"的说法，足见人们对于梧桐的喜爱程度。

在我国梧桐树的分布很广，现在已经被引种到欧洲、美洲等许多国家作为观赏树种。

● 博物

分类

植物界—被子植物门—双子叶植物纲—锦葵目—梧桐科

原文 孤雌吟于高墉①兮，鸣鸠栖于桑榆。
玄②蝯③失于潜林兮，独偏弃而远放。

——刘向《九叹·怨思》

① 墉：yōng，城墙。
② 玄：黑色。
③ 蝯：yuán，猿。

赏析 失伴的雌鸟在高墙上悲啼啊，鸠鸟在桑树上声声鸣叫。黑猿离开了茂密的山林啊，孤零零被丢弃在远方。

诗人被贬离开家乡，心中充满了愁苦和对亲人的思念。树上的鸟儿好像都在声声悲啼，黑色的猿猴仿佛也被抛弃。动物尚且都会思念自己的家乡和亲人，更何况人呢？

很多人都梦想有一棵摇钱树，上面长满钱，一摇就哗啦哗啦往下掉，对吧？

别说，世界上还真有一种这样的树！那就是榆树。每年初春万物萌发时，榆树便开始"长钱"啦！

瞧啊，榆树的枝头长出一串串淡绿色的、圆圆的、小小的圆片，比一毛钱的硬币还要小很多，可不就像是长了一树"铜钱"吗？所以，人们形象地把它称为"榆钱"。那么榆钱是榆树的叶子吗？其实它是榆树的花，里面藏着小种子，学名叫作榆荚。在饥荒年代，人们常用它来做粮食充饥，时至今天，榆钱饼、榆钱粥依然是我们餐桌上的美味，不过等到花儿快开败了，榆钱可就不好吃了，它的水分会慢慢减少，变干，然后就会带着成熟的小种子飞向天空。

韩愈在《晚春》里写下的"杨花榆荚无才思，唯解漫天作雪飞"中的榆荚说的就是它。榆树全身都是宝，树皮可以做麻绳、麻袋，是造纸的重要原料；果实、树皮、叶子都可以入药，以治疗失眠和神经衰弱；榆木非常结实，古人常用它们来打造家具和工艺品。

榆树在古代被人们广泛种植，但因为它生长得太缓慢，重量又很重，硬度太高不容易雕刻，所以清朝以后便很少用它制作家具了。榆树的根更是十分坚固，无法雕刻，以至于现在人们形容一个人顽固不化，都会管他叫"榆木疙瘩"。

• 博物

分类

植物界—被子植物门—双子叶植物纲—荨麻目—榆科

原文

后皇①嘉树，橘徕②服兮。
受命不迁，生南国兮。

——屈原《九章·橘颂》

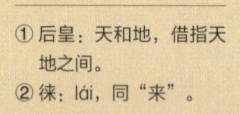

---

① 后皇：天和地，借指天地之间。
② 徕：lái，同"来"。

赏析

  天地间生长着一种佳树，那是橘树，生下来就适应当地的水土。天生的习性不能移植，只能生长在南国荆楚。
  诗人句句写橘，但不是仅仅在颂橘，更是托物言志，以橘树自比，借对橘树的歌颂表达自己对楚国的忠心和热爱。

小朋友，你会猜谜语吗？听听这个谜语，你知道这是什么水果吗？

小小金坛子，装着金饺子，吃掉金饺子，吐出白珠子。

猜出来了吗？对了！那就是酸酸甜甜的橘子。

那么，你知道橘子是什么树上的果实吗？那还用说？当然是橘树啦！

橘树是一种常绿小乔木或灌木，它的枝条上有尖尖的刺，叶子呈椭圆形，上有浅浅的锯齿，叶片很厚，色泽油亮，上面布满半透明的油点。这些油点是一种芳香酊，所以你如果凑近闻，可以闻到叶子上有一种特殊的香味。什么？闻不到？那你把叶子揉一下，再闻闻看？

橘树开白花，花朵也有着特殊的香气。不过这些都不是最吸引我们的，最吸引我们的是它的果实——酸甜可口的橘子！嘘，悄悄告诉你，爱吃橘子的可不止我们，连皇帝都喜欢吃橘子呢！橘子在我国古代一直是贡品，汉代还有专门管理贡橘的官员呢！许多诗人也爱吃橘子，你听！"一年好景君须记，正是橙黄橘绿时"。

橘子全身都是宝，它的种子、树叶、果皮均可入药。成熟的果皮叫作陈皮，能理气化痰、和胃降气；未成熟的果皮叫青皮，功效和陈皮很接近，但它的药效更强；橘核能活血散结、消肿；橘络也是一味中药。

橘树经冬常绿，自古以来就被当作树中的上品，许多文人墨客都曾经深情地赞美橘树。老百姓也非常喜欢橘子，因为"橘"和"吉"谐音，所以人们就把橘子视为吉祥之物。

博物

分类

植物界—被子植物门—双子叶植物纲—芸香目—芸香科

原文 ● 橘柚萎枯兮，苦李旖旎①。

甂瓯②登于明堂兮，周鼎潜乎深渊。

——东方朔《七谏·谬谏》

① 旖旎：yǐ nǐ，柔美，婀娜多姿的样子。
② 甂瓯：biān ōu，盆一类的瓦器。

柚子

赏析 ●　　圣洁而美好的橘树和柚树都日渐枯萎凋零了，那恶木苦李却长得枝叶繁盛。瓦盆、陶罐陈列在高高的明堂之上，周朝传下来的宝鼎却被抛在深渊之中。

　　这两句看似写物，实际上是写人。诗人借橘柚和周鼎自比，表达对了小人得志，忠贤被贬谪的愤愤不平。

小朋友，你肯定吃过柚子吧。

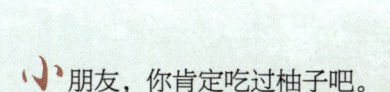

柚子是南方一种常见的水果，它原产于中国，在《神家本草》《尔雅》《广志》等文化古籍中均有记载。

柚是柑橘属的乔木，叶子长得和橘树很像，叶子的背面和幼枝上都密布绒毛。它的花是白色的，花朵很大，有特殊的香气，在清朝皇宫中还有人专门采集柚花，提炼香精制成美容品呢！

柚的果实呈球形或梨形，每年八月十五左右成熟，果皮呈黄绿色或柠檬黄色。果肉有白色和红色两种，像橘子一样分成一瓣瓣的，味道酸甜可口。柚子不仅好吃，而且耐久放，在自然环境中摆放数月而不变质，所以它有着"天然水果罐头"的美誉。柚子虽然好吃，籽却特别多，一个柚子的籽大约有100多个呢！不过，人工栽培的有些柚子会做套袋处理，让它变成无籽柚子，所以我们今天吃到的柚子并没有那么多籽，是因为它们的籽都退化了。

在众多水果中，柚子算得上一个"大块头"了，柚子单个重量大都在1千克以上，大的柚子几乎跟西瓜一样大呢！

柚子在我国的传统文化中有许多美好的含义，因为它的果实饱满浑圆，所以象征着团圆；柚与保佑的"佑"同音，象征着保佑和庇护的吉祥含义；柚子的色泽金黄，象征的"金玉满堂"的好彩头。因此，柚子备受中国人的喜爱，是中秋佳节亲人团聚的必备果品，也是春节馈赠亲友的佳品。

博物

分类

植物界—被子植物门—双子叶植物纲—芸香目—芸香科

鸟部

NIAO BU

原文

鸾鸟凤皇①，日以远兮。
燕雀乌鹊，巢②堂坛③兮。

——屈原《九章·涉江》

---

① 凤皇：凤凰。
② 巢：在……筑巢。
③ 堂坛：庙堂。

赏析

鸾鸟和凤凰啊，一天一天远去了。燕雀和乌鹊啊，却把窝筑在庙堂上面。

屈原被放逐江南，徘徊江上，心中愁苦万分。他用燕雀和凤凰的对比表达出对小人得志，君子被疏远的愤愤不平。

我国自古就有崇拜吉祥物的习惯,并由此衍生了吉祥文化。而喜鹊作为一种吉祥鸟,是喜庆吉祥的象征,自然备受青睐。在我国传统文化,如刺绣、剪纸、绘画等领域,都常常会出现喜鹊的身影。

喜鹊是各地常见的鸟类,也是一种和人类比较亲近的鸟儿。人类活动越多的地方,喜鹊的种群也越多。除密林及荒漠外,无论山区、平原、草原,还是河流湖泊岸边,也不论乡村或城市,只要在有人从事农、牧业活动的地方,都可见其踪迹。它是我国人民群众喜闻乐见的鸟类,一般多在开阔的耕地、河谷两岸的荒坡,以及林园、村落附近的菜园、果园、畜厩周围等处活动觅食,在觅食地的树上休息,有时也停落屋顶休息,傍晚则飞到高大的树上过夜。喜鹊是一种群居鸟儿,往往结成大群或成对出行,是一种杂食性鸟类。冬、春季以植物性食物为主,也吃一些尚在活动的昆虫及小型动物以及人类遗弃的食品残渣。

喜鹊非常机警,觅食时还懂得分工合作,一只鸟儿觅食时,往往有另外一只鸟儿在高处守望,遇到危险就会发出"喳喳"的声音报警。

喜鹊是个出色的建筑师,它的巢常常建在树冠的顶端,外部枝条纵横,就像一个直立的卵形,巢的侧面留一个洞,以便喜鹊出入。巢顶很厚,能抵御暴雨,内部还有柳木横梁,从外到里分成四层,它会用河泥涂抹在巢的内侧,最后再用芦花、棉絮做一层弹簧垫子,又结实又舒适,精巧程度让人叹为观止。

• 博物

分类

动物界—脊索动物门—鸟纲—雀形目—鸦科

原文 • 乌鹊惊兮哑哑,余顾瞻兮怊怊[1]。
彼日月兮暗昧[2],障覆天兮祲氛[3]。

——王逸《九思·守志》

[1] 怊怊:chāo chāo,惆怅,失意迷惘的样子。
[2] 暗昧:àn mèi,昏暗,不明晰。
[3] 祲氛:jìn fēn,邪恶之气。

赏析 • 乌鸦受惊哑哑地叫,回头眺望我心中惆怅。那太阳和月亮暗淡无光,妖气蔽天不吉祥。

　　作者用乌鸦悲鸣、日月无光、妖气漫天衬托出悲凉、萧条、恐怖的气氛,暗指君王被奸佞蒙蔽了双眼,奸贼当道,国中一片乌烟瘴气。

乌鸦又名老鸹，嘴大喜欢鸣叫。不过，它的叫声非常粗哑而且凌厉，所以不太受欢迎。在我国古代的诗词中，一提到乌鸦，便会和忧愁、苦闷、颓废、死亡联系在一起。比如"月落乌啼霜满天，江枫渔火对愁眠"，再比如"枯藤老树昏鸦，小桥流水人家，古道西风瘦马。夕阳西下，断肠人在天涯"。之所以会这样，主要是乌鸦有"特异功能"。

乌鸦喜欢吃腐食，而且嗅觉特别灵敏，它们很容易找到腐烂的食物，并且成群结队地去进食。所以人们每次看到乌鸦时，它们几乎都是成群地围在动物或人类的尸体边，再加上其外表不漂亮，声音又难听，所以乌鸦被当作一种不祥的鸟儿。以至于人们一听到乌鸦叫，就会觉得凄凉、阴森。其实在唐代以前，乌鸦可不那么招人讨厌，那时乌鸦是吉祥和有预言作用的神鸟，"乌鸦报喜，始有周兴"就是那时的传说呢！

乌鸦体型比较大，因为全身绝大部分羽毛为乌黑色，所以叫"乌鸦"。《乌鸦喝水》是伊索寓言中家喻户晓的故事，聪明的乌鸦把小石子丢进瓶子中，最终喝到了水。

这个故事并不是空穴来风，乌鸦是一种非常聪明的鸟儿，它的智力水平非常高，是鸟类中智商最高的。科学证明，乌鸦甚至有逻辑思维能力，几乎可以和灵长类动物相媲美。它可以借助石块敲开坚果，会把坚果丢到马路上，借助汽车把坚果壳压碎，它的综合智力水平相当于一只成年的狗。听了这些，是不是要对它刮目相看了？

• **博物**

分类

动物界—脊索动物门—鸟纲—雀形目—鸦科

原文 闵空宇之孤子兮,哀枯杨之冤雏。
孤雌吟于高墉兮,鸣鸠栖于桑榆。

——刘向《九叹·怨思》

赏析 可怜独居空室的孤儿啊,哀伤的小鸟栖息在老树枯杨。失伴的雌鸟在高墙上悲啼啊,鸠鸟在桑树上声声鸣唱。

此时刘向被发配,心情郁闷忧愁,又充满了怨恨。他坐在窗前,回望故乡,却再也回不去了。想到家中的妻儿,心中的痛苦更是无以复加,因此在他的眼中,鸟儿也变成了孤儿,变成了失伴的雌鸟,在树上哀鸣。

(此部分同木部中的"桑")

真实，鸠是鸠鸽科部分鸟类的通称。今天，我们要来说说我们最常见的鸠类——斑鸠。

斑鸠分布广泛，除两极外几乎都能见到，斑鸠的模样长得有点儿像鸽子，如果你猛地一看，没准还真认为它是一只鸽子呢！但它和鸽子还是有区别的，只要你认真观察，就能认出它。斑鸠的体型要比鸽子小，它的头很小，脖子细长，嘴巴短小，身体大多是灰褐色的，肚皮上的毛带一点儿淡淡的粉色，翅膀狭长，身上的羽毛没有金属光泽。论模样，它真的称不上漂亮。

很多小朋友都听过"鸠占鹊巢"这个成语，也许你会认为这个鸠是斑鸠，对吗？这个锅斑鸠可不背，斑鸠是自己筑巢的鸟儿，还是个筑巢能手，它们把自己的小屋做得又精巧又实用。

有意思的是，斑鸠哺育雏鸟的方式很特别，鸟宝宝是吃"奶"长大的。是的，你没有听错。斑鸠妈妈会分泌一种叫"鸽乳"的物质哺育雏鸟，个别物种的嗉囊还能分泌乳汁用来哺育雏鸟，这在鸟类中也是独特的现象。而且斑鸠性格温顺，是称职的"好爸爸""好妈妈"呢！"鸠占鹊巢"这个成语里的鸠并不是斑鸠，而是杜鹃鸟。

斑鸠是一种候鸟，秋天会飞到南方去过冬，春暖花开的时候再飞回来。所以在冬天你见不到它。不过，等到春暖花开，你听到大树上有咕咕的叫声时，那就是它又回来啦！快，抓一把它最爱吃的小种子去喂喂它吧！

博物

分类

动物界—脊索动物门—鸟纲—鸽形目—鸠鸽科

原文 • 宁昂昂若千里之驹乎？将氾氾若水中之凫①乎？
与波上下，偷以全吾躯乎？

——屈原《卜居》

① 凫：fú，野鸭。

赏析 • 　　是昂首挺胸像志行高远的千里驹呢，还是像浮在水中的野鸭一样随波逐流而保全自身？是与千里马并驾齐驱呢，还是追随那劣马的足迹？
　　这两句表达了屈原洁身自好，不愿与世俗同流合污的决心。

在一些自然形成的湖泊中，我们经常会看到湖面上有几只小鸭子游来游去，它们不像普通的小鸭子一样长着黄色的绒毛，而是灰黑色的绒毛，嘴和脚蹼都是灰色的，趾爪黄色。

这些小鸭子是哪儿来的？它们的妈妈去哪儿了？哈哈，不用为它们担心，你看到的这些很有可能是野鸭，学名叫作凫。而它们的妈妈可能就在附近的草丛里看着它们呢！野鸭是最典型的水鸟代表，数量非常多。野鸭除繁殖期外，都过群居生活，常常几百只结伴飞行，它们飞行时发出的声音很大。无论是雏野鸭还是成年的野鸭都像极了鸭子，除了毛色不同之外，它们的身形也只是比鸭子小一些。幼年的野鸭就像你们在池塘里看到的那个样子，成年的野鸭羽毛是青白色的，头上的毛是墨绿色的，有着金属光泽，所以才被称为绿头鸭。野鸭背上有花纹，嘴上的喙比较短，但尾巴很长，脚掌特别红。野鸭的种类非常多，有十余个种类。野鸭一点儿也不挑食，小鱼、小虾、甲壳类动物、昆虫，以及植物的种子、藻类和谷物等都可以成为它们的美餐。

别小看这些身材不大的野鸭，它们的本领可不一般呢！

野鸭能进行长途的迁徙飞行，这可能是普通的鸭子想都不敢想的！

另外，野鸭还有一个重要的身份，它是除番鸭以外的所有家鸭的祖先，鸭子们要是能开口说话，野鸭碰到它还得管它叫声"老祖宗"呢！

• **博物**

分类
动物界—脊索动物门—鸟纲—雁形目—鸭科

原文 • 菀①蘼芜②与菌若兮，渐槁本③于洿渎④。

淹芳芷于腐井兮，弃鸡骇于筐簏⑤。

——刘向《九叹·怨思》

① 菀：yùn，通"蕴"，积。
② 蘼芜：mí wú，杂草名。
③ 槁本：gǎo，一种植物。
④ 洿渎：wū dú，小水沟。
⑤ 筐簏：kuāng lù，盛物的竹器。

赏析 • 　　蘼芜和杜若被堆积不用啊，槁本被浸在小水沟里。芬芳的白芷被泡在臭水井里啊，鸡骨头却被丢进草筐竹器里。

　　这两句用夸张的手法写出了世道的黑白不分，美好的东西被丢弃，污秽的东西却被珍惜，就好像奸臣、佞臣得到重用，而忠心的贤臣却被疏远一样。

在中国传统文化里，鸡的形象经常出现，鸡因为与"吉"谐音，自古以来就被人们赋予了吉祥的意义，被称为"德禽"。民间认为鸡是凤凰的原型，还常常把鸡唤作"凤"。

古代没有时钟，人们日出而作，日落而息。而鸡鸣就是人们最早的闹钟。

鸡叫得比太阳还要早，有道是"雄鸡一唱天下白"，鸡叫之后天就慢慢亮了，新的一天就开启了。大将军祖逖闻鸡起舞，成就了一代美名；文人们也不甘示弱，"三更灯火五更鸡，正是男儿读书时"；战国时代，著名的函谷关，开关时间就以鸡鸣为准。落魄而逃的孟尝君，面对大门紧闭的关口，担心后面追兵赶至，食客中有会口技者，学鸡鸣，一啼而群鸡尽鸣，骗开大门。这个故事被司马迁写入《史记》，传为经典。

那么，公鸡为什么会早早打鸣，唤人起床呢？

鸡的大脑里有个"松果体"。松果体可以分泌一种叫褪黑素的物质。如果有光射入眼睛，褪黑素的分泌便被抑制。所以，当晨光乍现，褪黑素的分泌受到抑制，雄鸡便不由自主地鸣叫起来。

鸡是一种杂食动物，什么都吃，有时候你会看到它甚至连沙子和小石子都吃。它吃了这些石子，肚子会不会疼呢？不用为它担心，鸡吃细小的石子和沙子，是因为鸡没有牙齿，它需要把这些石子和沙子存到它的嗉囊里，帮助它磨碎食物。

博物

分类

动物界—脊索动物门—鸟纲—鸡形目—雉科

原文　顾列孛①兮缥②缥，观幽云兮陈浮。
钜宝③迁兮玢碆④，雉咸雊⑤兮相求。

——王褒《九怀·危俊》

①孛：bèi，古书上指光芒四射的彗星。
②缥：隐隐约约，若有似无。
③钜宝：jù bǎo，此指大山。
④玢碆：pīn yīn，石相击声。
⑤雊：gòu，雄性野鸡鸣叫。

赏析　回头望去，光芒四射的彗星飞逝而去，向前看去，幽幽的白云在空中飘动。听着大山迁移时巨石的隆隆声，听那野鸡一齐鸣叫雌雄相求。

备受小人排挤的作者决定离开君王，他想象自己离开故土，在华夏九州任意驰骋，登山观海，看满天星斗，听巨石隆隆，多么惬意！

雉 俗称"野鸡",如果你在野外看到它,你可能不会以为它是一只鸡,因为它的体型比普通的鸡要大上两倍,特别是雄野鸡,身材格外魁梧。

野鸡体长大约90厘米,头顶是黄铜色的,头两侧有微白眉纹,脖子是黑色的,有金属光泽。颈下有显著的白圈,背部前方主要为金黄色,向后转为栗红,再后则为橄榄绿,均杂有黑、白色的斑纹。

和家鸡一样,雄野鸡和雌野鸡一眼就能分辨出来。简单明了地说,长得漂亮的就是雄野鸡,而长得丑的就是雌野鸡。

雄野鸡常常会为觅食、占地盘、争偶等频繁争斗,为此被人们看成是喜斗一族。雄野鸡尾长,羽毛鲜艳美丽、五彩斑斓,特别是它的尾羽,因为威风漂亮,常被古人用来当作装饰品。比如中国戏曲中的翎子,就是用野鸡尾巴上的羽毛做成的,长度可以达到5至6尺,颜色艳丽光亮,插在头上显得人物英俊又潇洒。孙悟空在花果山占山为王的时候,头上就插了两根野鸡翎。古代祭祀时也要用到野鸡翎毛。

雄野鸡长得那么漂亮,当然是为了求偶。那么接着我们来说说雌野鸡。雌野鸡尾巴较短,羽毛黄褐色,体形较小,样子没有那么漂亮,因为人家根本就不需要美貌,就已是众多雄野鸡的"梦中情人"。

有意思的是,雌野鸡要产蛋时,需避开雄野鸡,否则雄野鸡会吃掉雌野鸡刚产下的蛋。所谓虎毒不食子,但雄野鸡才不管这些呢!

• 博物

分类
动物界—脊索动物门—鸟纲—鸡形目—雉科

原文 为凤皇作鹑①笼兮，虽翕②翅其不容。
灵皇其不寤③知兮，焉陈词而效忠？

——严忌《哀时命》

①鹑：chún，无尾的小鸟。
②翕：xī，合拢、收敛。
③寤：wù，同"悟"，醒。

赏析 给凤凰做一只装鹌鹑用的竹笼啊，（凤凰）即使紧拢翅膀也难以容身。国君昏昏沉沉不觉悟啊，向谁陈诉我的一片忠心？

这两句表达了作者虽然胸怀大志，却不被国君理解，没有用武之地，就像凤凰被关进鹌鹑的笼子里，无法施展自己的抱负。

"鹑之奔奔，鹊之僵僵。人之无良，我以为兄"，《诗经》中的《鹑之奔奔》，描写的就是我们今天常见的一种小鸟——鹌鹑。

说到鹌鹑，你也许不一定见过，但是营养丰富味道又好吃的鹌鹑蛋你一定吃过吧！鹌鹑别名鹑鸟，是一种古老的鸟类。它们生性胆怯，体型较小，身体圆圆胖胖的，羽毛为褐色，带有不规则的斑纹，毛色斑驳，有点儿像打了补丁的旧衣服，所以古人在形容人的衣服破烂时会说"鹑衣"。鹌鹑的嘴巴粗短有力，尾巴很短，因此人们也常常管它叫"秃尾巴鹌鹑"。

鹌鹑是一种地栖性鸟类，活动十分小心，善于隐藏，喜欢潜伏于草丛或灌木丛中，它们性格比较内向，不喜结群互动，而喜欢成对地活动在开阔且有植被覆盖的平原、牧场、农田等环境中。鹌鹑的食物以种子和浆果为主，但它也吃叶、根和昆虫。

鹌鹑是一种候鸟，需要长途迁徙，可是它们并不太擅长飞行，因为它们的身体有点儿胖，不耐久飞。它们除了迁徙外，一般很少飞行。所以，在《诗经》中才有"鹑之奔奔"的说法。

当然，在不得不迁徙的时候，它们也只好飞起来啦。它们在迁徙时总是集结成群，昼伏夜出。白天潜伏在草丛中，顺路休息休息，养足精神，晚上再结伴飞行。

在野外，每年的5至7月是鹌鹑的繁殖期，鹌鹑多会成对出现，但是鹌鹑并不是一夫一妻制的，而是一夫多妻的婚配制度。

• 博物

分类

动物界—脊索动物门—鸟纲—鸡形目—雉科

原文 • 鸿鹄兮振翅，归雁兮于征。
吾志兮觉悟，怀我兮圣京。

——王逸《九思·悼乱》

赏析 • 　　天鹅、鸿鹄啊展开双翅，南归的大雁啊即将远征。我的内心早已觉醒，时时怀念我那郢都城。
　　在这两句诗中，王逸借鸟儿南飞的意象抒发自己思乡的情怀，鸟儿尚且思念自己的家乡，何况是人呢？作者借屈原之口表达了自己对故乡深深的思念。

雁是古诗词中的高频词，常常用来写离愁别绪，古人认为鸿雁可以寄托对故乡的思念，所以有"鸿雁传书"一说。李白在《苏武》一诗中就写道："白雁上林飞，空传一书札。"

大雁是雁亚科各种类的通称，是一种大型善飞游禽，外形一般与家鹅相似。它的嘴又宽又厚，嘴甲也较宽阔。以植物的嫩叶、细根、种子为食，有时也啄食农田里的谷物。

大雁是我国常见的候鸟，它们的家乡在西伯利亚，每到秋天就会从北方飞到南方过冬，春天再飞回北方去。每年大雁南飞或北归的时候，人们会发现，大雁会排成整齐的队伍，一会儿排成"人"字形，一会儿排成"一"字形，古人将其称为雁阵。

大雁为什么会排队呢？其实，大雁是一种社会性极强的鸟儿，也是天生的数学家，大雁飞行时排成整齐的一字形或人字形，这样当前面的大雁飞行时，扇动的翅膀会形成一股向上的气流，排在后面的大雁就可以借助这股气流滑翔飞行，最大限度地减少体力的消耗。领头的雁叫头雁，由于体力消耗巨大，在飞行中，头雁常常要进行更换，而老弱病残的大雁们，就乖乖待在队伍的中间，最大限度地保存体力，跟着大家一起迁徙了。

大雁每次迁徙，都要经历1至2个月，这是一个艰苦而漫长的过程。雁在北方筑巢繁殖，在水边用芦苇和水草架成一个盆状的巢，里面铺上一层羽毛，一个简易的大雁巢就做好啦！

• **博物**

分类

动物界—脊索动物门—鸟纲—雁形目—鸭科

原文

枭鸮[①]既以成群兮,玄鹤弭翼[②]而屏移。
蓬艾亲入御于床笫兮,马兰踸踔[③]而日加。

——东方朔《七谏·怨世》

① 枭鸮:xiāo xiāo,泛指恶鸟。
② 弭翼:mǐ yì,收敛翅膀。
③ 踸踔:chěn chuō,疯长的样子。

赏析

  凶禽恶鸟既已成群并进,黑鹤只能被迫敛翅退缩。蓬艾受喜爱栽植床头,恶草马兰也随之繁茂婆娑。
  作者以恶鸟、玄鹤,蓬艾、马兰之间的对比,细致描绘并沉重地抨击当时是非不分,黑白颠倒的局势。借屈原的口吻,表达出了自己悲伤和愤懑的情绪。

鹤在中华文化中的地位非常特殊，上至帝王将相，下至平民百姓都对它推崇备至，人们认为鹤是有仙气的，所以又管鹤叫"仙鹤"。在道家的传说中，仙人多以仙鹤为坐骑，比如哪吒的师父太乙真人，他的坐骑就是一只仙鹤。

鹤的品种很多，最常见的是丹顶鹤。

丹顶鹤是一种大型的涉水禽类，常常生活在沼泽边，它的脖子和腿很长，身体的羽毛大部分是白色的，头顶没有羽毛，是鲜红色的，丹顶鹤的名字也因此得来。丹顶鹤站立时，看起来尾巴是黑色的，但事实上，那黑色的并不是尾巴，而是它的三级飞羽，也就是它的翅膀上的毛。

丹顶鹤是一种对爱情专一的鸟儿，通常是一对对地生活在一起，它们的配偶终生不变。

丹顶鹤小时候要上"幼儿园"，初生的小鹤就会被送到鹤群，进行"集中喂养"，而小鹤一旦成熟，就会马上离开鹤群，找到自己的"另一半"一起生活。因此，成熟的鹤多半是一对对生活在一起的，而小鹤都是成群生活在一起的。

鹤在休息的时候常常单腿站立，头转向后并插进背羽之间，用一条腿站立，这样可以让两条腿交替休息，减少身体热量的流失。

鹤是长寿的象征，在中国的地位与青松并立，有"松鹤延年"的说法。

> **博物**
>
> **分类**
> 动物界—脊索动物门—鸟纲—鹤形目—鹤科

原文 • 微霜兮眇眇①，病殀兮鸣蜩②。
玄鸟③兮辞归，飞翔兮灵丘。

——王褒《九怀·蓄英》

① 眇眇：miǎo miǎo，结霜微薄的样子。
② 蜩：tiáo，蝉。
③ 玄鸟：燕子。

赏析 • 微霜降落大地白茫茫，鸣蝉蜷曲声默难鸣叫。燕子辞别北方回归南方，径向神山灵丘振翅飞翔。

秋风萧瑟，万木萧条，燕子南飞，诗人不受重用心灰意冷，内心充满了愁苦，也产生了辞别君王、远离故乡的决心。

燕子是一种有灵性的鸟儿，在古代被称为玄鸟，古往今来，文人墨客对燕子更是倍加喜爱。燕子作为一种美好的意象，常常出现在诗词中，寄托了作者深深的情意。《诗经》中就曾多次提到它，"燕燕于飞，差池其羽""天命玄鸟，降而生商，宅殷土芒芒"。而在我们的眼中，燕子并没有那么神秘，它就像我们熟悉的好邻居，也是我们童年里抹不掉的记忆，听！"小燕子，穿花衣，年年春天来这里……"

燕子身形娇小，翅膀又尖又窄，尾巴像一把大剪刀，背上的毛是黑色的，有些还带有金属光泽的蓝色或绿色。它是最灵活的雀类之一，它们在空中能做出各种飞行动作，还会侧身飞行呢！这些特技可都是日复一日苦练出来的，要知道，燕子一生大部分时间都是在飞行中度过的。燕子飞在空中做什么呢？那还用问？当然是捉虫子喽！

燕子喜欢吃各种飞虫，以蚊、蝇等害虫为主食，因此深受农民的喜欢，是名副其实的益鸟。燕子消灭害虫的速度十分惊人，一年能吃掉几十万只害虫，这对我们来说真是一个天文数字，对吧？除了身体灵活，飞行技艺高超，燕子的嘴巴的特殊结构也让它在捕食飞虫方面有着得天独厚的条件。燕子的嘴巴并不大，但可以以最大的角度打开，当它张开嘴巴的时候，它的嘴巴就变成了一个平行四边形，就像一个网子一样，可以把迎面而来的飞虫全部收到嘴里。所以燕子可以说是人们最喜爱的益鸟了，连诗人都说："几处早莺争暖树，谁家新燕啄春泥。"

• 博物

分类

动物界—脊索动物门—鸟纲—雀形目—燕科

原文 • 鸾鸟凤皇,日以远兮。
　　　　燕雀乌鹊,巢堂坛兮。

——屈原《九章·涉江》

赏析 • 鸾鸟和凤凰啊,一天一天远去了。燕雀和乌鹊啊,却把窝筑在庙堂上面。
　　　　屈原被放逐江南,徘徊江上,心中愁苦万分。他用燕雀和凤凰的对比表达出对小人得志,君子被疏远的愤愤不平。
　　　　(此部分同鸟部中的"鹊")

麻雀是一种和人类比较亲近的鸟儿，有时也会在屋檐下筑巢，因此，在古代它是人类居所中最常见的鸟儿之一，和人类关系比较密切。唐代诗人周敦颐在《暮春即事》中写道："双双瓦雀行书案，点点杨花入砚池。"两只小麻雀竟然跳到案几上，好像闲庭信步，让人备感惊喜。

麻雀属小型鸟类，所以我们经常叫它"小麻雀"。麻雀身上的羽毛呈棕、黑色，颜色斑杂，因而俗称麻雀。翅膀短圆，在地面活动时喜欢双脚跳跃。麻雀适应能力很强，广泛栖息于森林、田园、草甸、灌丛和居民区附近。麻雀是出了名的好爸爸、好妈妈，平时它们的食物比较杂，主要是谷类、草籽这一类"素食"，但到了繁殖期，它们则会到处找一些昆虫及其幼虫喂食自己的宝宝，给自己的宝宝补充营养，听起来是不是很伟大？原来，全天下的爸爸妈妈都是一样爱自己宝宝！

麻雀的巢比较简单，没有盖，通常像小杯子、小碗一样，十分精巧。外层由干草缠绕而成，内层有棉絮、羽毛、芦花等做衬里，又舒适又暖和。也许你要问，没有盖，那下雨怎么办呢？这一点聪明的小麻雀早就想好啦！它们的巢穴一般不会搭在枝头，而是搭在比较隐蔽的地方，比如屋檐下面、缝隙里、桥洞下面……

麻雀不耐远飞，不过这没什么，因为它们不需要飞到南方去过冬。在寒冷的冬天，充足的食物来源和厚实的羽绒足以让它们抵御严寒，不需要长途迁徙，所以即使在寒冷的冬天，我们也可以常常看到它们的身影。

• 博物

分类

动物界—脊索动物门—鸟纲—雀形目—文鸟科

兽部

SHOU BU

原文 ● 恒秉季德,焉得夫朴牛?
何往营班禄,不但还来?

——屈原《天问》

赏析 ● 　　王恒也秉承了父亲王季的美德,他是怎样得到驾车的大牛的?他为什么要去有易氏颁布爵禄,却没达到目的就回来了?
　　这段描写了王亥和王恒遭遇有易之难的典故,通过这些历史典故和民间传说,把人们引入一个纵深的思想世界中。

牛是人类最早驯养的动物之一，它适应能力强，饲养范围几乎遍布全国；它性格温顺，吃苦耐劳，连小孩子都能轻松驾驭。听！"牧童骑黄牛，歌声振林樾。意欲捕鸣蝉，忽然闭口立。"

牛是一种草食性动物，最喜欢吃青草，还喜欢吃一些绿色植物。牛吃饱后会停止进食，但你会发现它在闲下来的时候还会嚼东西。这是为什么呢？

那是因为牛把进食时吞下的草团从胃里返回到嘴里咀嚼，这个过程要反反复复好几次，这可不是牛儿在调皮，这种现象叫"反刍"，是许多食草动物都有的"特异功能"。这是因为植物纤维比较粗，很难消化，而动物进食又比较匆忙，只好通过反复不断地咀嚼来消化掉它。而且为了适应吃草，牛的上门牙已经退化了，只留下坚硬的磨牙，磨牙上有褶皱，便于把粗纤维的青草充分咀嚼。

牛在古代人们的生产生活中发挥着不可替代的作用，它体质强壮，可以帮人们耕田、犁地、驮运东西，简直是吃苦耐劳又能干的典型代表。在农业社会，耕牛象征着财富，在古代，杀死耕牛是会触犯法律的。

随着农业的发展，耕牛正在慢慢退出历史舞台，但在很多以农业经济为主的国家和地区，它仍然发挥着重要作用。不过最好不要让牛给你拉车，因为牛的性子不温不火，可能会比较慢。

博物

分类

动物界—脊索动物门—哺乳纲—偶蹄目—牛科

123

原文 ● 回朕①车以复路兮，及行迷之未远。

步余马于兰皋②兮，驰椒③丘且焉止息。

——屈原《离骚·第五章》

① 朕：zhèn，我。
② 皋：gāo，水岸。
③ 椒：jiāo，香木，花椒。

赏析 ●   掉转我的车走回原路啊，趁着迷途未远赶快罢休。我骑着马，踏着香草，行走于芳香草地，奔驰于椒香四溢的山林里，让心情得到放松。

    这两句诗写的是屈原在朝廷中屡屡碰壁，不愿与世俗同流合污，从而决意归隐山林。看诗人想象着自己离开官场，骑上自己心爱的马儿，在鸟语花香、椒香四溢的山林里尽情驰骋，是多么惬意的事啊！

有一句谚语说"南人驾船，北人乘马"。在古代，马是很重要的交通工具。在《楚辞》中写到马的地方就很多。人们不管是出行、行军打仗、驮重物、拉车，少了它可什么都干不了。更有多少马儿跟着它的主人驰骋疆场，忠心护主，立下过真正的"汗马功劳"。齐桓公军中的老马帮助陷入困境的士兵找到了路；刘备的的卢一跃而过檀溪，帮助刘备摆脱了蔡瑁的追杀；曹操的绝影身中数箭，依然驮着曹操忍痛狂奔；项羽的乌骓、吕布的赤兔、李世民的飒露紫……每一匹马背后都是一个可歌可泣的故事。

不过随着社会的发展和生产力的提高，马很少会被用来做交通工具了。所以现在，你可能要到动物园和马术馆才能见到它们的身影。

如果在动物园里，你朝一匹马打招呼，它却没理你，请不要怪它没礼貌——马的眼距宽，再加上调节焦距的能力不强，所以马的视力并不好，它可能并不是不理你，而是根本没有看到你。但是，如果是在晚上，它的视力可比我们好得多，因为马的夜视能力很强。同时它的头颈灵活，听觉和嗅觉都特别敏锐，这在很大程度上弥补了视觉的缺陷。

如果你看到一匹马一动不动地站在那儿，嘘——不要打扰它，也许它正在睡觉呢！马是站着睡觉的，它们的祖先为了迅速而及时地逃避敌害，就养成了站着睡觉的习惯，后代们也养成了这样的习性，哪怕这种睡觉方式一点儿也不舒服。

博物

分类

动物界—脊索动物门—哺乳纲—奇蹄目—马科

原文　该秉季德，厥①父是臧②。
胡终弊③于有扈④，牧夫牛羊？

——屈原《天问》

① 厥：jué，其。
② 臧：zāng，嘉奖。
③ 弊：困厄。
④ 扈：hù，有扈就是"有易"，古国名。

赏析　亥继承了他的父亲季的美德，并得到嘉奖，为何最终遭有易之难，为他人在此放牧牛羊？

　　这两句诗讲的是《周易》里的"亥丧羊于有易"的典故，并对此提出疑问。

羊是人类最早驯养的动物之一。早在母系氏族公社时期，生活在我国北方草原地区的原始居民，就已开始选择水草丰茂的沿河、沿湖地带牧羊狩猎。传说周朝时，广州连年灾荒，五位仙人骑着仙羊从天而降，仙羊的口中衔着优良的稻穗。自此，广州承仙之恩，成为岭南最富庶的地方。这是五羊衔谷的故事，也是广州被称为羊城的原因。

山羊是典型的草食性动物，雄性山羊长着一对又细又长的角，向两侧张开，并且向下弯曲，样子看起来很威风。不过，你可不要以为山羊很柔弱，要是比爬山攀岩，你肯定不是它的对手。山羊的骨关节比较大，外面包着厚厚的韧带，非常有力量，有利于身体的支撑；山羊的蹄子很尖，边缘尖硬，面积很小，所以那些陡峭的崖壁对它们来说就像我们爬楼梯一样简单。另外还有特别重要的一点，它们的眼睛结构和我们不一样。山羊的瞳孔不是圆形的，而是长方形的！因为山羊生活在山地，要经常蹦来跳去，因此羊对于垂直方向运动的事物非常敏感，所以慢慢地进化成了矩形瞳孔。山羊其实很"调皮"，它们好奇心非常强，这也给它们带来了不少麻烦，《周易》中就有"山羊触藩"的比喻，好比是山羊把头伸到了篱笆里，以致角勾住了篱笆，进退两难。

山羊的下颚上有胡子，所以在童话故事中常常被称为山羊爷爷，其实，这是因为山羊长期生活在山区，经常在灌木中觅食，为了保护下颚的皮肤，才慢慢进化出了这些顺直的长毛，可不是什么胡子哟！

博物

分类

动物界—脊索动物门—哺乳纲—偶蹄目—牛科

原文 • 彼圣人之神德兮，远浊世而自藏。
使麒麟①可得羁②而系③兮，又何以异虖④犬羊？

——贾谊《惜誓》

① 麒麟：qí lín，简称麟。古代传说中的一种神兽。
② 羁：jī，拘束。
③ 系：xì，累，羁缚。
④ 虖：hū，呜呼。

赏析 • 　　那圣人具有超凡的品德，远离浊世把自己隐藏起来。假使麒麟被关在笼子里，它与犬和羊又有什么不同呢？
　　贾谊感慨于仁人志士尽忠尽节，反被无耻小人陷害、暗算的混乱万象，为这个忠奸不分的世道而悲痛。把麒麟关进笼子，指满腹才华的自己却像被关在笼子里的麒麟，无法施展。

狗是人类最早驯化的家畜之一，迄今已有一万多年。

在古代，狗在人们的生产生活中起到了非常重要的作用，最主要的作用是看家护院和打猎。在古代诗词中，狗也曾多次被提起，比如"柴门闻犬吠，风雪夜归人"是看门的狗，"左牵黄，右擎苍"是打猎的狗，等等。

但是随着人们对狗的认识越来越深入，人们便发现只是让它们帮忙看门打猎，真是太委屈它们了，因为狗具有太多太多的"超能力"。

狗的智商极高，成年狗的智商能与4至5岁的孩子差不多。而狗的听觉感应力可达12万赫兹，是人类的16倍，它能听到的最远距离大约是人的400倍。狗对于声音的方向辨别能力也是人类的2倍。

当然，最让狗骄傲的是它的鼻子。狗嗅觉灵敏度极高，它辨别气味的能力是人类的100万倍以上，经过专门训练的优秀警犬能辨别10万种以上的不同气味。因为狗的这些超能力，现在狗又被人们用来完成一些人类不可能完成的特殊工作。经过专门训练的警犬，在缉毒和追踪逃犯方面有着人类无可比拟的优势，搜救犬在各种灾难面前总是冲在第一线，拯救了千千万万人类的性命，而导盲犬更是盲人朋友不可缺少的朋友。它们可以给盲人带路，带领盲人坐地铁，帮忙取报纸，也给他们带来了阳光的生活和快乐。不过，过红绿灯的时候不要指望它哟！狗是色盲，无法像人一样分辨各种色彩，它对于光谱中的红、绿等高彩度色彩没有特殊的感受力，所以自然没有办法分辨红绿灯啦！

• 博物

分类

动物界—脊索动物门—哺乳纲—食肉目—犬科

原文 • 白鹿麔①麚②兮或腾或倚。

状貌崟崟③兮峨峨，凄凄兮浟浟④。

——淮南小山《招隐士》

---

① 麔：jūn，鹿的一种。
② 麚：jiā，雄鹿。
③ 崟崟：yín，高耸貌。
④ 浟浟：xǐ，毛色润滑的样子。

赏析 • 　　那成群的野鹿和獐子，有的在欢跳，有的在休息。头上的犄角高高耸立，满身的毛丰满油亮。

　　《招隐士》将自然界的飞禽走兽和真山真水都渲染得幽深、怪异，全篇弥漫着郁结、悲怆，而又缠绵悱恻的情思。这两句通过描写山中险恶，野兽成群，发出了王孙不可久留的呐喊。

古代帝王之间争夺政权，常常说"群雄逐鹿"。这是为什么呢？原来，商王武丁喜欢打猎，而鹿是那时的主要猎物，所以这种打猎活动又叫逐鹿。这种打猎活动备受历代统治者的喜欢，所以慢慢地，鹿就变成了政权和帝位的象征。而逐鹿自然就变成了争夺政权的象征。

鹿是典型的草食性动物，性格温顺，适应性强，在苔原、林区、荒漠、灌木丛，甚至沼泽中都能看到它们的身影。

雄鹿和雌鹿一眼就能分辨出来，因为雄鹿头上长着实心的分叉的角，这些角像干枯的树枝一样，让雄鹿显得十分优雅。不过，这么美的鹿角可不单单是雄鹿炫耀自己的资本，更是雄鹿最重要的武器。

每到鹿的繁殖季节，雄鹿便开始求偶了。为了博得雌鹿的芳心，雄鹿会同其他雄鹿进行搏斗，显示自己的强大，因此它们常常要把头上的鹿角磨得尖尖的，增加武器的杀伤力。可是，如果雄鹿一直带着粗笨的角来生活那多累呀。不用为它们担心，鹿角不会一直生长，北方的鹿过了繁殖季节，角便自下面毛口处脱落，第二年又从额骨上面的一对梗节上的毛口处生出。初长出的角就是鹿茸，是名贵的中药材。在动物园里，你可能很少会看到头上长角的鹿了，那是因为怕公鹿之间因互相争斗而造成伤害，所以它们的鹿角都被锯掉了，而锯掉的鹿角其实是一些角质层，就像我们的指甲一样，既不会流血，也不会痛苦。所以，不必为它们担心哦！

• 博物

分类

动物界—脊索动物门—哺乳纲—偶蹄目—鹿科

原文 ● 夜光何德，死则又育？

厥利维何，而顾菟①在腹？

——屈原《天问》

---

① 顾菟：菟，tù；顾菟同"顾兔"。

赏析 ● 　　月亮何德何能，消亡之后竟能重生？对月亮有何好处，顾兔能常在其腹？

　　屈原的《天问》可谓包罗万象，想象力更是天马行空。这两句疑问都是关于月亮的，第一句巧妙地把月亮的阴晴圆缺比作是月亮死而复生，后一句问月中的黑点为何物，这两句诗把人们的思维由地面引上了天空中。

"小白兔，白又白，两只耳朵竖起来……"这首儿歌几乎是所有孩子童年的必听儿歌。

兔子，是一种萌萌的小动物，很多孩子都非常喜欢小兔子，在许多童话故事中，可爱的小兔子都是主角。

那么对于小兔子，你又了解多少呢？

我们首先要清楚，并不是只有"小白兔"才是兔子，兔子可是有各种颜色的哟！黑兔、白兔、黄兔，还有灰兔，它们都是可爱的小兔子哟！

兔子是一种草食性哺乳动物，嘴巴较短，上唇有纵裂，也就是我们常说的三瓣嘴。兔子共有28颗牙齿，那两颗独特的大门牙尤其突出，显得可爱。兔子的耳朵长而大，甚至可超过头的长度。

我们都知道，兔子的眼睛是红色的，可是你知道吗？并不是所有的兔子眼睛都是红色的，只有白兔的眼睛是红色的。那是因为白兔的眼睛里没有色素，是透明的，白兔眼睛里的血丝（毛细血管）反射了外界光线，所以看起来就是红色的了。但灰兔和黑兔眼睛里都含有色素，因此并不是红色的。

兔子是一种胆小的动物，突然的喧闹声、生人和陌生动物，如猫狗等都会使它惊慌失措。所以人们形容人胆小，经常会说："胆小得像只兔子。"兔子的听觉和嗅觉极好，一有风吹草动它便撒腿就跑。它还是一种特别聪明的动物，为保证自身安全，它会给自己的兔巢挖很多洞口，人们常说"狡兔三窟"，其实兔子的洞口可不止三个呢！

- 博物

分类

动物界—脊索动物门—哺乳纲—兔形目—兔科

原文 狐死必首丘①兮，夫人孰能不反其真情？
故人疏②而日忘兮，新人近而俞③好。

——东方朔《七谏·自悲》

① 首丘：头朝着故丘。
② 疏：疏远。
③ 俞：越发。

赏析 　　狐狸死时头要朝着故丘，人老将死谁不思念家乡？故旧的忠臣一天天被淡忘疏远，谄谀新人一天天越来越亲近君前。
　　东方朔由屈原想到了自己，被流放三年依然无人问津，好像君王早已经把他淡忘了。这两句诗借狐死首丘的典故，表达了自己对故土的思念和想要重返家园的期盼，也表达了忠臣被淡忘疏远的愤懑。

狐狸是人们熟悉的一类动物，中外小说和寓言在谈到它们的时候大都赋予其离奇怪诞的色彩。在古代神话小说中，狐狸精、狐妖、狐仙等渐渐形成了一种"妖精文化"，比如《封神演义》的主角苏妲己便是一只九尾狐狸。《聊斋志异》中的狐狸更是数不胜数。

一提到狐狸，人们就容易想到奸诈和狡猾。这是为什么呢？

说来，这也是生活所迫呀！狐狸是犬科动物，长相和狗差不多，它的体型比狼、豺、犬都要小，在这几种典型的犬科动物里算是小兄弟了。狐的凶暴强悍远不如狼，勇猛善斗也不如豺，但是它又是肉食动物，总不能饿肚子吧！好在狐狸非常机灵，善于利用自己的聪明才智获取猎物，填饱肚子。比如它们平时警惕性很高，外出时总是不停地倾听、观望，勘测周围环境；当遇到危险走投无路的时候，它会装死，让敌人放松警惕，然后趁其不备逃走；犬科动物大都是以奔走速度来获取猎物的，但狐狸会埋伏等待或使用声东击西等计谋来捕食老鼠、兔子等小动物。人类铺设的陷阱几乎对狐狸不起作用，狐狸总能将陷阱里充当诱饵的食物取走，而自己也能从陷阱里成功脱逃。我们在动物园走过狐狸饲养区的时候，可能会闻到浓浓的腥臭味，这是因为狐狸的尾巴上有臭腺，能够分泌狐臭。虽然这种气味让我们受不了，但对狐狸来说是最方便的武器——烟幕弹。它在遇到强劲的对手时会放出臭屁，把对手熏晕，然后趁机脱逃。

瞧，狐狸这么聪明，难怪人们对它又爱又恨呢！

博物

分类

动物界—脊索动物门—哺乳纲—食肉目—犬科

原文 虎豹斗兮熊罴①咆，禽兽骇②兮亡其曹③。

王孙兮归来，山中兮不可以久留。

——淮南小山《招隐士》

① 罴：pí，棕熊。
② 骇：害怕。
③ 曹：同类。

赏析 　　虎豹争斗，熊嚎叫，飞禽走兽惊恐得离群四散奔逃。王孙啊，回来吧，山中险恶不可久留居！

　　淮南小山的《招隐士》，营造了一种森然可怖、魂悸魄动的意境，表达了渴望隐者早日归还的急切心情。这两句诗前句渲染密林的可怕，后句则发出急切的呐喊：王孙归来！

《山海经》记载："熊山有穴，恒处神人，夏启而冬闭。"古人认为，熊是冬眠夏出的动物，而且在冬眠时依然能孕育新的生命，这是一种神奇的力量，因此熊被当作图腾来膜拜。

那么，熊为什么会冬眠呢？熊是恒温动物，它有着厚厚的皮毛和脂肪，完全可以撑过严冬，而不像是蛇、青蛙之类的冷血动物在越冬时处于假死的状态。熊冬眠不是因为它怕冷，而是因为在冬天森林被大雪覆盖，小动物们都冬眠了，森林里找不到吃的东西，再加上天气寒冷，体温消耗太多，所以熊就形成了冬眠的习惯，干脆一整个冬天缩在洞里不再出来。

熊在我国传统文化中，是勇气和力量的象征，而现实中，熊的确是个大力士。它的躯体粗壮肥大，力大无穷。体毛又长又密，脸形像狗，头大嘴长，眼睛与耳朵都较小，咀嚼力特强。四肢粗壮有力，脚上长有5只无法收缩的锋利的爪子，用来撕开食物和爬树，尾巴短小。

人们经常会说"笨得像狗熊"，这可是对熊的误解。别看熊平时慢吞吞的，它跑起来速度可快了！熊不挑食，青草、嫩枝芽、苔藓、浆果和坚果它都吃，它也到溪边捕捉蛙、蟹和鱼，掘食鼠类，掏取鸟卵，更喜欢舔食蚂蚁，盗取蜂蜜，甚至袭击小型鹿、羊，有时也觅食腐尸。

熊的视觉和听觉都不太灵敏，但嗅觉非常发达，属国家一级保护动物，严禁猎杀、食用。

博物

分类

动物界—脊索动物门—哺乳纲—食肉目—熊科

原文 乘虬①兮登阳，载象兮上行。
朝发兮葱岭，夕至兮明光。

———王褒《九怀·通路》

① 虬：qiú，虬龙。

赏析 乘上虬龙飞上高空，骑着神象遨游苍穹。早晨从西方葱岭出发，傍晚到达东方明光山中。

这两句诗句写出了作者得不到君王的信任和重用，报国无门，想象自己乘虬龙骑神象飞入苍穹，畅游星空，让自己苦闷的情绪暂且得到释放。

象与祥同音，寓意着吉祥如意，所以象在我国传统文化，特别是佛教文化中有着特殊的地位。相传，古佛就是乘象从天而降，普贤菩萨的坐骑就是一头大象。

说到大象，你最先想到的是什么？当然是它无与伦比的长鼻子了，对吗？

现代象是从始祖象进化而来的。观察始祖象的化石我们可以看到，始新世的始祖象仅吻部较长，可没有那么夸张的长鼻子。大象的长鼻子是长期自然选择的结果。长鼻子的大象更容易找到食物而活下来，所以慢慢地，大象的鼻子就越来越长。大象的长鼻子其实是由它的鼻子与上唇愈合而成的，所以，大象没有上嘴唇。说到大象的鼻子，那可绝对是大象的骄傲，它强壮有力，具缠卷的功能，鼻端的小肉球非常灵活，连一粒花生米都能捡起来，灵活程度几乎可以和我们的手指相媲美。不过，它的鼻子这么灵活有力是有原因的，那是因为它的鼻子上有十万块肌肉呢。

如果你哪天夜里碰到一头大象正把鼻子含在嘴巴里，请你一定悄悄的，保持安静。嘘——它可不是在偷吃棒棒糖，没准它正在睡觉呢！

鼻子是大象自卫、取食、取水的有力工具，所以伤了鼻子，大象就无法存活。因此，大象对它的长鼻子非常呵护，睡觉的时候，大象会把自己的长鼻子含在嘴里，防止有小虫子顺着鼻子往上爬。别看大象体型庞大，但性格很温顺，是人类的朋友，小朋友们一定要善待它哟！

博物

分类

动物界—脊索动物门—哺乳纲—长鼻目—象科

原文

飞朱鸟使先驱兮，驾太一之象舆①。
苍龙蚴虬②于左骖③兮，白虎骋而为右騑④。

——贾谊《惜誓》

① 象舆：xiàng yú，用象牙装饰的车。
② 蚴虬：yòu qiú，龙行弯曲的样子。
③ 骖：cān，古代指驾在车辕两旁的马。
④ 騑：fēi，驾在车辕两旁的马。

赏析

命令朱鸟高飞做前驱，驾着太一象车稳稳前行。苍龙蜿蜒，那是我的左骖，白虎驰骋，那是我的右翼。

《惜誓》是贾谊纪念屈原的作品，抒写屈原被放逐而离别国都的悲愤和想归隐却牵挂故乡的情怀，同时寄寓了作者自己被疏离而将远去的愤慨。这两句就是描写作者想象自己坐上象车，在朱鸟的引导下，在青龙白虎的簇拥下游遍神州的快意与豪迈。

在中国传统文化中，老虎历来被人们所敬畏，是权力和力量的象征。虎画常常被挂在正对门口的墙上用来驱邪；小孩子常常穿虎头鞋，带虎头帽；中国古代许多地方都是以虎作为图腾；甚至，我们的汉字"王"，就来源于老虎额头上的花纹呢！

别看老虎威猛高大，但其实它和我们常见的小花猫同属一科，是一种大型猫科动物，要是把老虎缩小几倍，别说，和我们的小花猫长得还真像亲兄弟！不过，谁都知道老虎的凶猛，对吧？老虎毛色浅黄或棕黄色，身上有黑色条纹。它是不折不扣的食肉动物，常常栖息在密林里，伺机捕食猎物。老虎可是捕猎的能手，它的身上到处都是武器。它的爪子非常有力，指甲锋利又尖锐，连犀牛的皮都能抓破；它的四颗犬齿更是连小树都能轻易地咬断，再加上老虎尾巴像条钢鞭，非常有力。不仅有称手的兵器，老虎的身手更是了得，会通过扑、掀、抽、咬来捕食猎物。碰到这样的对手，谁能逃得了呢？

俗话说"一山不容二虎"，这话并不是没有根据的，老虎喜欢独居，喜欢单独活动，它会用尿的味道来标注自己的地盘，对擅闯领地者绝不手软。只有在繁殖季节雌雄两只老虎才在一起生活，平时它们都是独来独往。老虎没有固定的巢穴，多在山林间游荡寻食。然而，即使是凶猛的老虎，也会面临生存的危险。由于人类长期以来的猎杀和野外栖息地碎片化，老虎逐渐成为珍稀濒危物种，被国家和国际列为一级保护动物。

● **博物**

分类

动物界—脊索动物门—哺乳纲—食肉目—猫科

鱼部

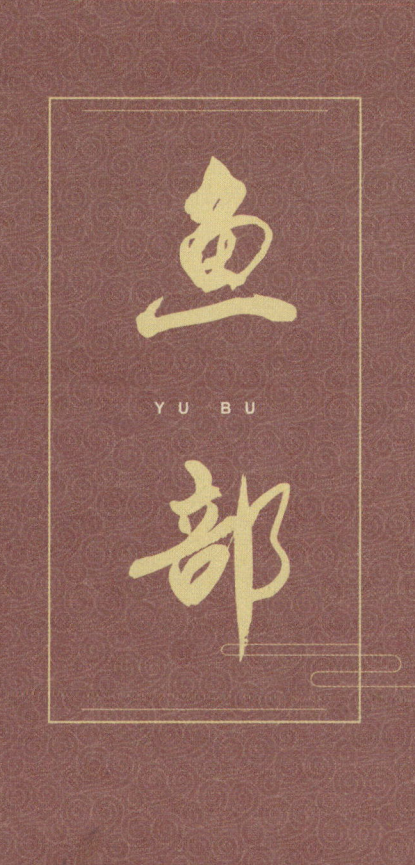

YU BU

原文　乘白鼋①兮逐文鱼②,与女游兮河之渚;
流澌③纷兮将来下。

　　　　　　　　　——屈原《九歌·河伯》

① 白鼋：bái yuán，白色的大鳖。
② 文鱼：鲤鱼。
③ 澌：sī，拟声词，雨声。

赏析　　乘上白色大鳖，五彩鲤鱼跟随，和你一起同游沙洲，冰块纷纷解冻奔流向前。
　　《九歌》中的这一段写的是群巫祭祀河伯的场景，这两句写的是群巫和河伯一起畅游沙洲，充满了无拘无束的欣喜之情。

鲤鱼是中国流传最广的吉祥物，有着丰富的文化内涵，在春秋时期，鲤鱼就代表祥瑞，随着社会的发展，更是衍生出了更多的文化内涵。鲤鱼常常出现在年画当中，娃娃抱鲤鱼是我国传统的吉庆有余的图案。年俗传统中，鲤鱼也是必不可少的意象，取其"年年有余"的美好寓意。

鲤鱼，原产于亚洲，别名叫鲤拐子、鲤子。鲤鱼身体扁平，肚子圆，游动时姿态十分优雅。野生的鲤鱼大多是青灰色的，猛一看和鲫鱼区别不大，但鲤鱼的肚皮是金黄色的，尾巴带一点儿红色，最重要的区别是它的嘴边长着两根须。随着人工培育品种越来越多，鲤鱼的观赏价值也越来越高，产生了红鲤、锦鲤等品种。现在，我们在很多公园里都能看到锦鲤，它们身形硕大，色彩鲜艳，在水中游动时姿态优雅，宛如雍容华贵的公主，让人赏心悦目。鲤鱼产卵很多，所以在中国有着多子多福的寓意；小鲤鱼跳龙门，寓意着拼搏进取，代表着生生不息的民族精神，也传达了金榜题名的美好愿望。这些美好的寓意，让人们对鲤鱼越发喜爱。

人们对鲤鱼的喜爱，慢慢赋予了它许多神话色彩——小鲤鱼跳龙门的故事，很多小朋友都听说过吧！传说鲤鱼跳过龙门就可以化成龙，呼风唤雨。虽然这只是一个神话传说，但人们对于鲤鱼的喜爱却是真真切切的。人们把玉器、木、石做成鲤鱼的图案随身佩戴，希望它能给自己带来好运。

因此，鲤鱼可以说是国人心中不折不扣的吉祥物。

• **博物**

分类

动物界—脊索动物门—硬骨鱼纲—鲤形目—鲤科

原文 白龙兮见①射，灵龟兮执拘。
仲尼兮困厄，邹衍兮幽囚。

——王逸《九思·悼乱》

① 见：被。

赏析 白龙遭到射杀，神龟被捉住。圣人孔子遭受困苦，贤人邹衍被拘禁。
　　诗人借白龙遭射，神龟被捉，孔子受苦，邹衍被拘这样的意象，表达出自己虽满腹才华，却处处遭小人陷害，得不到重用，无法施展自己的才华的痛苦和无奈。

乌龟是现存最古老的爬行动物，是与恐龙同时代的古老物种，它在中国文化中有着极高的地位，自古以来就被奉为"神龟"。相传女娲用五色石补天后，为了防止天再塌下来，就是用神龟的四条腿撑起了天地。

然而，我们认识的小乌龟却是花鸟鱼虫市场上那个调皮可爱的小宠物。说到乌龟，你一定会先想到它那又厚又硬的壳，对吧？乌龟的壳分两部分，背甲隆起，腹甲扁平，你知道吗？这个外壳其实就是乌龟的骨骼，骨骼长在身体外面，是不是很奇怪呢？

这个壳可是乌龟的看家宝贝，当它遭遇危险的时候，可以把头、尾和四肢同时缩回壳里。这时，硬硬的壳就变成了乌龟的铠甲，它就什么也不怕了！也许你要问了，乌龟壳这么硬，那乌龟长大了怎么办？不用担心，乌龟的壳是由一块一块的盾片组成的，随着乌龟的长大，乌龟壳上的盾片就会一块一块地脱落下来，换成新的、更大的盾片。这样，乌龟壳就慢慢地越长越大了。仔细观察，你还能在乌龟的盾片上找到一些像大树年轮一样的一圈一圈的花纹呢！那就是盾甲一点点长大的印记。

乌龟是世界上最长寿的动物，自古以来便被作为吉祥和长寿的象征。人们用龟甲占卜命运，还用它做成各种吉祥物佩戴在身上；在秦朝之前，龟甲还曾经被当作钱币来使用呢！到了唐朝，五品以上的官员有佩戴龟袋的习惯，龟袋分金龟袋、银龟袋、铜龟袋，而金龟袋是当时最高的级别，所以民间又有钓得金龟婿的说法，这个说法一直沿用到今天呢！

• 博物

分类
动物界—脊索动物门—爬行纲—龟鳖目—龟科

原文 驷①跛鳖②而上山兮，吾固知其不能升。
释管晏③而任臧④获兮，何权衡之能称？

——严忌《哀时命》

① 驷：sì，古指套着四匹马的车，也指同驾一辆车的四匹马。此指乘。
② 鳖：biē，甲鱼。
③ 管晏：guǎn yàn，管仲和晏婴的并称。
④ 臧：zāng，奴隶的贱称。

赏析 　　驾着跛脚的鳖上山啊，我本就知道不会成功。废弃管仲、晏婴而任用卑贱的奴婢啊，又怎能担起治国的重任。
　　严忌用驾着跛脚的鳖上山来比喻让小人管理朝纲，表达了对良臣不能重用，自己胸怀大志却无处施展的愤懑与感慨。

鳖和龟是近亲，它们的模样和生活习性都十分相似，在中国文化中，鳖和乌龟常常被相提并论。所以沾乌龟的光，人们对鳖也非常敬重。

鳖又称甲鱼、团鱼，是生活在淡水水域中的一种水陆两栖的爬行动物，在中国大部地区均有分布。它的外形是椭圆形的，和乌龟一样，身上长着硬壳，可是你会发现这个壳不像乌龟壳那么高，看起来扁扁的，摸起来也没有那么硬，周围长着柔软细腻的裙边。这是因为，它的背部虽然有拱起的甲，但不是由像乌龟一样的盾片组成的，而且在甲壳的外面披了一层皮革一样的皮，所以摸起来像皮革一样有一定的弹性。

鳖的壳不是一块块的，也不会蜕下来，而是会随着它的身体一直长大。

它的胸部是由骨骼和软骨构成的，所以也不似龟板一样硬度特别高。它们的头、颈、四肢都可以伸缩，但当它们遇到危险时，它们也无法把头、四肢和尾巴缩回壳里。但是，鳖的嘴巴很大，有骨质牙，两颌非常有力，咬合能力比乌龟要强得多。所以，当它们遇到对手，就咬它！

鳖是一种杂食动物，小鱼、小虾、小蝌蚪、水生昆虫都是它们的食物。它们又贪吃又耐饿，即使很久不吃东西也不会死亡，靠自身积蓄的营养来维持生命。在没有食物的时候，它们甚至会互相残杀。

• 博物

分类
动物界—脊索动物门—爬行纲—龟鳖目—鳖科

虫部

CHONG BU

原文 • 蜂蚁微命,力何固?
惊女采薇,鹿何祐?

——屈原《天问》

赏析 • 　　蜜蜂、蚂蚁的生命原本微不足道,但为何团结在一起力量如此牢固?伯夷、叔齐惊于妇人之言不再采薇,白鹿为何要庇佑他们,用自己的乳汁喂养他们?
　　《天问》是屈原以"问题"贯穿全文的长诗,全篇七十二个问题,表现出了屈原渊博的学识和不断求索的高贵品质。这两句用疑问句表达了希望国人团结一致,希望命运眷顾有气节的忠贞之士。
　　(此部分同草部中的"薇")

蜜蜂虽然很微小，但却是很团结的小动物。

古人非常看重蜜蜂的团结，所以屈原在《楚辞》中不遗余力地赞美这种小昆虫，说它们虽然渺小，但团结起来就会有很大的力量。

唐代诗人罗隐曾以《蜂》为题创作了一首诗："不论平地与山尖，无限风光尽被占。采得百花成蜜后，为谁辛苦为谁甜？"这里的蜂就是指蜜蜂。

蜜蜂是一种社会性昆虫，过着群居的生活。蜜蜂的种群由蜂王、雄蜂、工蜂等个体组成，它们分工合作。蜂王的主要任务是产卵，雄蜂的主要任务是和蜂王交尾，来繁殖后代。而工蜂占据了蜂群的绝大部分，它们几乎肩负了一个蜂群所有的工作。我们平时看到在花丛中采蜜的蜜蜂都是工蜂。

那么蜜蜂是怎样酿蜜的呢？工蜂白天去采集花蜜，晚上就会把采来的花蜜吐出来，再吞下去。在这个过程中，花蜜就慢慢被分解成单糖和葡萄糖，等到大部分花蜜都分解成单糖和葡萄糖的时候，蜜蜂再把这些花蜜吐进蜂巢里，这时的花蜜已经基本成型了，但还含有大量的水分。这时，工蜂一起扇动翅膀，让水分蒸发，蜂蜜就做好啦！

勤劳的小蜜蜂采集花蜜时还帮助花儿传授花粉，可见小小的蜜蜂在生态平衡中发挥了巨大的作用呢。

• 博物

分类

动物界—节肢动物门—昆虫纲—膜翅目—蜜蜂科

原文 ● 燕翩翩其辞归兮，蝉寂漠而无声。

雁雝①雝而南游兮，鹍鸡②啁哳③而悲鸣。

——宋玉《九辩》

① 雝：yōng，和乐貌。
② 鹍鸡：kūn jī，古书上说像鹤的一种鸟。
③ 啁哳：zhāo zhā，也作嘲哳。形容声音杂乱细碎。

赏析 ● 　　燕子翩翩飞翔归去啊，寒蝉寂寞也不发响声。大雁鸣叫向南翱翔啊，鹍鸡不住地啾啾悲鸣。

　　秋天到来，万木萧瑟，诗人背井离乡，心中的惆怅难平，带着这样的心情，燕子寒蝉、大雁和野鸡它们的叫声在诗人的眼里都是悲伤的鸣叫。

"垂绥饮清露，流响出疏桐。居高声自远，非是藉秋风。"你知道这首诗写的是哪种昆虫吗？对了，就是蝉！

听！那夏日小树林中的蝉鸣，就是夏天的声音！蝉儿们悠闲地趴在树叶间，饮着甘露，唱着歌儿，多么悠闲自在！

古人对蝉非常喜爱，他们认为蝉性高洁，"蝉蜕于浊秽，以浮游尘埃之外"，不仅如此，蝉的寓意也非常吉祥，蝉有一飞冲天、一鸣惊人的寓意。所以古人常常把玉器雕刻成蝉的样子，佩戴在身上作为吉祥物。

不过，蝉的一飞冲天，要经历了一个漫长的过程。

蝉的幼虫并不会飞，它们生活在土中，有一对强壮的开掘前足。它们的嘴前有一根针刺吸口，蝉的幼虫用它来吸食植物根部汁液，以此为食物。幼虫通常会在土中待上几年甚至十几年，之后它们会钻出泥土，爬到树上，然后抓紧树皮，完成一生中最重要的一个任务：羽化。

当蝉蛹的背上出现一条黑色的裂缝时，蜕皮的过程就开始了，头先出来，紧接着露出绿色的身体和褶皱的翅膀。停留片刻，翅膀变硬，颜色变深，便开始起飞。整个过程需要一个小时左右。

飞上枝头的蝉很快就开始求偶，准备繁衍后代了。听，雄性在枝头发出嘹亮的歌声，像是在说：听我的歌声多优美，我可是一个健康的美男子哟，快来选我做你的丈夫吧！雌性的蝉便会选择一个自己最心仪的雄性，和它交配产卵。接下来，蝉宝宝又开始了长达几年甚至十几年的地下生活。

• 博物

分类

动物界—节肢动物门—昆虫纲—半翅目—蝉科

原文 • 悼余生之不时兮,逢此世之佢攘①。
澹②容与③而独倚兮,蟋蟀鸣此西堂。

——宋玉《九辩》

① 佢攘：kuāng rǎng，纷乱不安。
② 澹：孤寂。
③ 容与：徘徊不前。

赏析 • 可惜我生不逢时啊,遇上这世道纷乱不安。水波舒缓,徘徊不前,我独自倚着门啊,听着西堂蟋蟀的鸣叫。

　　作者抒发了世道纷乱、自己生不逢时的失落和愤懑,写自己潦倒失意,只能看着河水,倚门独听蟋蟀的悲鸣。

蟋蟀，俗名蛐蛐，是一种古老的昆虫，至少已有1.4亿年的历史了。这种小生物有着这么顽强的生命力是有原因的，那就是适应能力强。蟋蟀穴居，常栖息于地表、砖石下、土穴中、草丛间，对住的地方一点儿也不挑剔。它们白天穴居在洞中，夜晚外出活动，而且从不挑食。

雄性蟋蟀是天生的音乐家，它们像拉小提琴一样，通过摩擦自己的前翅发出像音乐一样的声响。不过，这些"音乐家"的视力可不太好，蟋蟀视觉系统由单眼、复眼、视叶三部分组成，可即使长了那么多的"眼睛"，蟋蟀的视力还是特别差，触角下方的两个小亮点是复眼，那才是真正能看清楚东西的眼睛。

蟋蟀体型较小，体色多为黄褐色至黑褐色，看起来一点儿也不起眼，可这种不起眼的小昆虫和人类之间的互动可是从未停歇呢！从古至今，斗蛐蛐儿一直都是民间游戏的保留项目。为什么人们爱玩斗蛐蛐儿呢？这要从蛐蛐儿的习性说起。蟋蟀头圆，胸宽，大颚发达，强于咬斗，头上还有着长长的触角丝，看起来威风凛凛，像不像一个头戴雉鸡翎的将军？当然，只长得好看是没有用的，比它长的好看的小昆虫可多了去了。关键是它们好斗。蟋蟀生性孤僻，一般都是独自生活，绝不和别的蟋蟀住在一起（雄虫在交配时期会和雌虫居住在一起）。因此，它们彼此之间不能容忍，一旦碰到，就会咬斗起来。所以人们就利用蟋蟀好斗的天性，故意把两只蛐蛐放到一起，再用猪鬃挑逗它们，让它们打斗起来，并且乐此不疲。

博物

分类
动物界—节肢动物门—昆虫纲—直翅目—蟋蟀科

原文 靡萍①九衢②,枲③华安居?
一蛇吞象,厥④大何如?

——屈原《天问》

① 靡萍:mí píng,漂流的浮萍。
② 衢:qú,四通八达的道路。
③ 枲:xǐ,大麻。
④ 厥:jué,此处指蛇。

赏析 　　漂流的浮萍顺着水流四处流淌,枲麻常在哪儿开花?一条灵蛇吞下大象,它的身子又有多大?
　　《天问》中有问而没有答,屈原通过一连串的疑问,为我们打开了一个新奇瑰丽的大千世界,真可谓是包罗万象,充分展现了屈原渊博的才学。

提到蛇，你是不是像我一样，浑身起鸡皮疙瘩？从古至今，蛇一直是人们谈而色变的动物。

蛇是四肢退化的爬行动物，它的身体细长，没有四肢，没有耳孔，没有活动性眼睑，舌头细长而分叉。像所有的爬行动物一样，蛇的全身覆盖着鳞片。目前全球总共有3000多种蛇，只有一少部分是有毒的，绝大多数是无毒的品种。不过，即使是没有毒性的蛇，也一样会让猎物们闻风丧胆。它们会用自己细长的身体把猎物紧紧缠住，直到猎物窒息而死。

人们常常用"人心不足蛇吞象"来比喻某人贪心。蛇真的能吞下大象？这自然是一种夸张的说法，可是这个说法也并不是空穴来风。蛇的确可以吞食比它的身体大几倍的猎物，这是它的身体和骨骼结构决定的。蛇的下颌的两半以韧带相连，还能左右展开。捕食较大的猎物时，蛇把上、下颌展开，包住食物，然后吞下，这个过程听起来是不是有点儿可怕？

所有的蛇都是肉食性动物，而且只吃活的东西。一条蛇每年可以捕食一两百只鼠类，它们可是生物防鼠的重要力量呢！

不过到了冬天，情况可就不一样了。蛇是变温动物，又称冷血动物，无法自主调节体温，所以蛇有冬眠的习性。到了冬天，它盘踞在洞中睡觉，一睡就是几个月，不吃不喝，一动不动地保持体力。冬眠中的蛇处于假死状态，还可能会变成老鼠的美味呢！

• 博物

分类
动物界—脊索动物门—爬行纲—蛇目

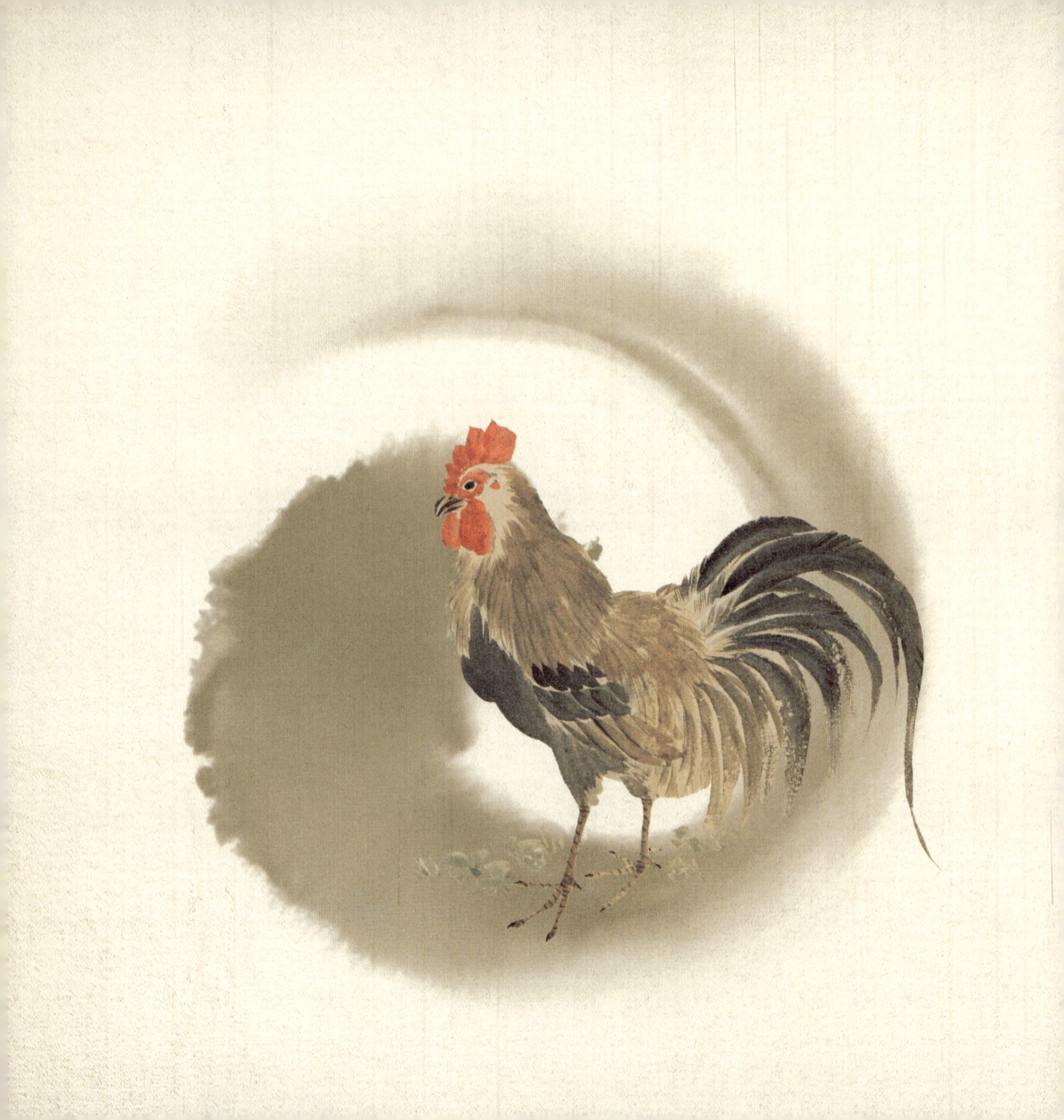